첫사랑

옮긴이 이상길

문학박사, 모스크바 대학교 객원교수. 현재 모스크바 대학교 한국학 연구
소 부소장 및 모스크바 레포르마 신학대학원 원장. 번역서로는 『성채』(J.
크로닌), 『기도의 자식은 결코 망하지 않는다』(성 어거스틴의 생애) 외
85종, 저서로는 『개혁주의 조직신학』(노어판), 『천국의 계단』(어거스틴
의 어머니 '모니카'의 눈물과 기도의 생애) 등이 있다.


첫사랑
—
1판 1쇄  2006년 6월 20일
2판 1쇄  2021년 3월 19일
지은이  이반 투르게네프
옮긴이  이상길
펴낸이  김영재
펴낸곳  책만드는집
—
주소  서울 마포구 양화로3길 99, 4층 (04022)
전화  3142-1585·6
팩스  336-8908
전자우편  chaekjip@naver.com
출판등록  1994년 1월 13일 제10-927호
—
* 잘못 만들어진 책은 구입하신 서점에서 바꾸어 드립니다.
—
ISBN 978-89-7944-756-9 (04800)
ISBN 978-89-7944-591-6 (세트)

# 첫사랑

이반 투르게네프 지음 · 이상길 옮김

책만드는집

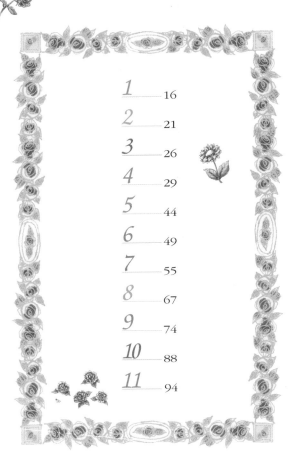

차례

*1* ——— 16

*2* ——— 21

*3* ——— 26

*4* ——— 29

*5* ——— 44

*6* ——— 49

*7* ——— 55

*8* ——— 67

*9* ——— 74

*10* ——— 88

*11* ——— 94

12 — 101

13 — 108

14 — 113

15 — 118

16 — 125

17 — 139

18 — 149

19 — 154

20 — 158

21 — 166

22 — 177

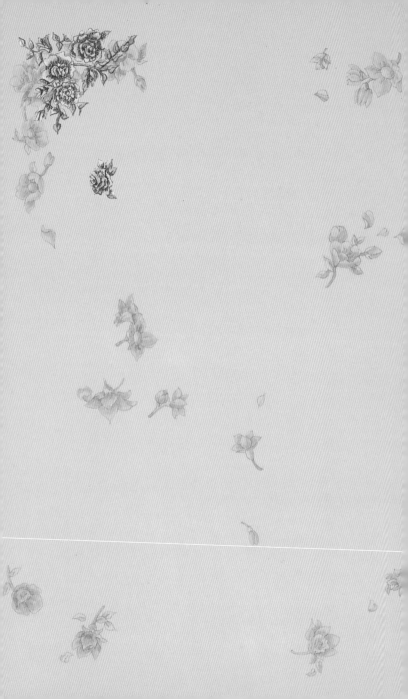

손님들은 떠난 지 이미 오래다. 시계가 12시 반을 알렸다.

방에는 주인과 세르게이 니콜라예비치, 블라디미르 페트로비치만이 남았다.

주인은 하인을 불러 남은 음식을 치우게 했다.

「이렇게 하죠.」

안락의자에 몸을 더 깊숙이 파묻고 엽궐련에 불을 붙이며 주인이 말했다.

「각자 첫사랑 얘기를 하는 겁니다. 세르게이 니콜라예비치 씨부터 시작하죠.」

세르게이 니콜라예비치는 퉁퉁하고 창백한 얼굴의 두루뭉술한 청년이다. 그는 주인을 한번 보더니 천장을 올려다봤다.

이윽고 그가 입을 열었다.

「전 첫사랑이 없습니다. 두 번째 사랑부터 시작했죠.」

「무슨 뜻이죠?」

「간단합니다. 열여덟 살에 아주 매력적인 여자를 쫓아다녔어요. 하지만 그건 그다지 신선한 느낌은 아니었어요. 그 후에 쫓아다닌 다른 사람들도 마찬가지였죠. 사실 엄밀히 말하자면 저는 여섯 살 때 처음이자 마지막 사랑을 했어요. 상대는 제 유모였죠. 그런데 너무 오래전 얘기라서 자세한 것은 별로 기억나지 않고, 기억이 난다 해도 누가 듣고 싶어나 하겠어요?」

「그럼 어떻게 하죠?」

주인이 말했다.

「제 첫사랑도 사실 별로 재미가 없어서 말입니다. 저는 아내 안나 이바노브나를 만나기 전까진 연애를 해본 적이 없거든요. 아내를 만나고서는 모든 것이 순조롭게 이루어졌습니다. 양가 부친께서 만남을 주선하셨고 저희는 그대로 사랑에 빠져서 곧바로 결혼했지요. 제 진부한 얘기는 길게 얘기할 것이 없어요. 솔직히 말씀드리자면, 제가 첫사랑 얘기를 꺼낸 건 나이가 많다고 하기는 뭐하지만 그렇다고 젊다고도 할 수 없는, 미혼인 여러분의 얘기를 듣고 싶었기 때문입니다. 블라디미르 페트로비치 씨, 좋은 얘기가 있습니까?」

「제 첫사랑은 사실 평범하다고는 할 수 없습니다.」

블라디미르 페트로비치가 약간 주저하면서 답했다. 그는 검은 머리에 흰머리가 듬성듬성 보이는 마흔 살 정도의 남자였다.

「오!」

주인과 세르게이 니콜라예비치가 동시에 탄성을 질렀다.

「들던 중 반가운 소리군요. 얘기를 시작하시죠.」

「원하신다면…… 아니, 얘기하지 않는 것이 낫겠군요. 제가 말재주가 없어서 얘기를 하려 들면 재미가 없거나 너무 길고 엉뚱하게 돼버립니다. 허락해주신다면 기억나는 대로 연습장에 글로 옮긴 후 읽어드리죠.」

처음에는 두 사람 모두 반대했으나 블라디미르 페트로비치는 고집을 꺾지 않았다. 2주 후 이들은 다시 모였고 블라디미르 페트로비치는 약속을 지켰다.

그가 연습장에 옮긴 내용은 다음과 같다.

**당**시 나는 열여섯 살이었다. 1833년 여름에 있었던 일이다.

나는 부모님과 모스크바에서 살고 있었다. 우리 가족은 칼루가 성문 근처 네스크치누이 공원 맞은편에 있는 여름 별장을 빌려 쓰고 있었다. 나는 입시 준비를 하고 있었으나 공부는 거의 하지 않았고 조급한 마음도 없었다.

아무도 나를 구속하지 않았다. 원하는 것은 무엇이든 할 수 있었다. 특히 마지막 가정교사가 떠나고 나서는 완전히 내 세상이었다. 그 프랑스인 가정교사는 자신이 폭탄이 투하되듯 갑작스레 러시아에 떨어졌다는 생각에 현실을 끝끝내 받아들이지 못하고, 종일 역겹다는 듯한 표정으로 침

대에서 떠나지 않았다. 아버지는 거리감을 유지하면서도 애정으로 나를 대했고, 어머니는 내가 유일한 자식이었음에도 불구하고 내게 전혀 관심을 보이지 않았다. 어머니는 다른 일에 온통 정신이 팔려 있었던 것이다. 아직 젊고 잘생겼던 아버지는 십 년 연상인 어머니와 재산 때문에 결혼했다. 어머니는 끊임없이 걱정하고 질투하고 화를 내는 불행한 인생을 살고 있었지만, 아버지 앞에서는 전혀 그런 티를 내지 않았다. 어머니는 아버지를 무서워했고 아버지는 항상 엄격하고 차가웠다. 나는 우리 아버지만큼 자제력이 강하고 자신감에 차 있으며 권위적인 사람을 본 적이 없다.

이곳에서 보낸 첫 몇 주는 영원히 잊을 수 없을 것이다. 날씨는 더할 나위 없이 화창했다. 우리는 성 니콜라이 축일인 5월 9일에 별장으로 이사를 왔다. 나는 때로는 별장 정원에서, 때로는 네스크치누이 공원에서, 때로는 칼루가 성문 저편에서 산책을 하곤 했다. 항상 책을 가져갔지만―예를 들면 카이다노프의 역사책―펴보는 일은 거의 없었고, 당시 꽤 많이 외우던 시구를 큰 소리로 읊어대곤 했다. 나는 온몸이 약간 들뜨는 기분과 함께 가슴에 뭔가 아련한 것을 느꼈다. 언제나 즐겁고 실없는 기분이었다. 나는 항상 기대감에 부풀어 있었고, 수줍음을 타면서도 모든 가능성에 대해 오감을 열어둔 채 만반의 준비를 갖추고 있었다. 나의 상상력은 마치 저녁노을에 종탑 주위를 맴도는 제비들처럼 계속 한 가지에 집중돼 있었다. 나는 생각에 잠겨 슬픔에 빠지거나 심지어 눈물을 흘리기도 했지만, 시적인 선율이나 노을의 아름다움으로 인한 슬픔과 눈물 속에서도 봄의 새싹이 파릇파릇 돋아나듯 언제나 활력에 넘치는 청춘의 기쁨을 느끼곤 했다.

나에게는 작은 승마용 말이 한 필 있었다. 직접 안장을 올리고 혼자 승마를 하곤 했는데, 빠른 속도로 달릴 때는 내 자신이 마치 검술 대회에 출전한 기사처럼 느껴졌다. 바람이 얼마나 세차게 귓가를 스치고 지나갔는지! 때때로 하늘을 향해 고개를 들면 눈부신 태양과 푸른 하늘이 나의 영혼에 스며드는 것만 같았다.

돌이켜 보면 그 당시만 하더라도 여자의 모습이나 여자의 사랑을 구체적으로 생각해본 적이 없었다. 하지만 내 모든 생각이나 느낌 속에는 항상 말로 형언할 수 없는 새롭고 달콤하고 여성적인 그 무엇인가에 대한 기대가 수줍음과 함께 무의식적으로 자리 잡고 있었다. 이 기대, 이 예감은 내 몸 전체에 스며들어 난 호흡을 할 때마다 이를 들

이마셨고, 이것이 내 혈관 구석구
석에 퍼져나가는 것을 느꼈다.
그리고 이 예감은 곧 실현될 운
명을 가지고 있었다.

　우리의 여름 별장은 전면에 기둥
이 있는, 나무로 만들어진 본채 한 채와
지하 별채 두 채로 되어 있었다. 왼쪽의 별채는 싸구려 벽
지를 만드는 보잘것없는 공장이었다. 나는 자주 그 공장에
가서 마르고 지저분한 모습의 열 명 남짓한 소년을 구경하
곤 했다. 이들은 기름때에 전 긴 코트를 입고 야위어 뾰족
한 얼굴로 나무 지레 위에서 펄쩍펄쩍 뛰어, 그 왜소한 몸
으로 밝은 색상과 화려한 문양의 사각 벽지를 찍어내고 있
었다. 비어 있는 오른쪽 별채는 세를 주려고 내놓은 상태
였다. 5월 9일에서 약 3주가 지난 어느 날부터 이 별채의
창문에서 커튼이 걷히고 웬 여자들의 얼굴이 보이기 시작
했다. 한 가족이 이사를 온 것이었다. 바로 그날 점심때 어
머니가 집사에게 새로 이사 온 우리 이웃에 대해 물었다.
집사가 자세킨 공작 부인이라고 답하자 어머니는 처음에
는 경외의 눈초리로 대답했다.

　「어머, 공작 부인이라고.」

그러고는 이내 덧붙였다.

「형편이 좋지 않은가 보군.」

「짐마차 세 대로 왔습니다.」

집사가 정중하게 음식을 덜며 말했다.

「자가용 마차는 없고 가구는 초라해 보였습니다.」

「그럴 줄 알았어.」

어머니가 대답했다.

「차라리 잘됐군.」

아버지가 노려보자 어머니는 입을 다물었다.

사실 자세킨 공작 부인이 부자일 리 없었다. 그녀가 임대한 별채는 매우 허름하고 좁은 데다 천장이 낮아서 돈 푼깨나 있는 사람이라면 그런 곳에서 살 생각도 하지 않았을 것이다. 그러나 당시 나는 그러한 일에 전혀 관심이 없었다. 게다가 얼마 전에 실러의 〈군도(群盜)〉[1]를 읽었던 터라 공작 부인이라는 호칭도 내게는 별다른 감명을 주지 못했다.

1) 실러의 1781년작인 희곡. 1830년대 러시아에서 대중적인 인기를 누렸으며 봉건주의 및 '공작', '공작 부인' 등과 같은 봉건주의적 칭호에 대한 저항으로 간주되었다.

나는 매일 저녁 까마귀를 쫓아내기 위해
총을 들고 정원을 돌아다녔다. 오래전부터 까마귀라는 교
묘하고 약탈적이고 지능적인 새를 싫어했기 때문이다. 그
날도 나는 정원에 나갔다. 모든 길을 샅샅이 뒤지고도 허
탕을 친(영악한 까마귀들이 내가 오는 것을 알아차리고 멀리서
시끄럽게 울어대기만 할 뿐 좀처럼 접근하지 않았다) 나는 돌아
오는 길에 우연히 낮은 담을 발견했다. 이는 우리의 정원
과 오른쪽 별채의 작은 정원을 가로지르고 있었다. 나는
고개를 숙인 채 걸었다. 그런데 갑자기 말소리가 들렸다.
담 너머를 보는 순간 나는 온몸이 굳어버렸다. 이상한 장
면이 내 눈앞에 펼쳐졌기 때문이다.

바로 몇 발자국 앞 녹색 딸기나무 가지 아래 잔디에, 분홍색 줄무늬 원피스를 입고 머리에 하얀 두건을 두른, 키가 크고 날씬한 아가씨가 서 있었다. 그녀는 자신을 둘러싼 네 명의 청년에게 작은 회색 꽃으로 한 명씩 번갈아 이마를 살짝 건드리고 있었다. 이름은 모르지만 작은 주머니 모양의 그 꽃은 딱딱한 것에 부딪치면 퍽 하고 요란스레 봉오리가 열리는 꽃으로 아이들이 잘 가지고 노는 것이었다. 청년들은 자신의 이마를 기꺼이 맡기고 있었으며 아가씨의 동작은(옆모습만 보았지만) 실로 매력적이고 기품 있고 부드러우면서도 장난스럽고 사랑스럽기 그지없어, 이를 보던 나는 놀라움과 기쁨에 탄성을 지를 뻔했다. 저 아름다운 손가락이 내 이마도 건드려준다면 내 모든 것을 바쳐도 좋으리라 생각했다. 총이 잔디에 떨어졌지만 나는 모든 것을 잊었다. 나는 그녀의 가는 허리와 가녀린 목, 우아한 팔, 스카프 아래로 보이는 약간 흐트러진 머리, 반쯤 감은 초롱초롱 빛나는 눈, 속눈썹, 부드러운 볼을 집어삼킬 듯 바라보았다.

　　「이봐 젊은이.」

　　갑자기 옆에서 누가 불렀다.

　　「처음 보는 아가씨를 그렇게 쳐다보는 건 예의가 아니

지.」

나는 온몸이 움찔하고 순간적으로 아찔해지는 것을 느
꼈다. 담 바로 건너편에 짧게 깎은 검은 머리의 남자가 비
웃는 표정으로 나를 바라보고 있었다. 바로 그 순간 아가
씨가 나를 돌아보았다. 커다란 회색 눈동자와 생기발랄한
얼굴, 갑자기 이 얼굴 전체가 웃음으로 떨렸다. 흰 치아가
드러나고 눈썹은 재미있다는 듯이 치켜 올려졌다. 나는 얼
굴이 화끈 달아올라 바닥에서 총을 집어 들고 크긴 하지만
악의는 없는 웃음소리를 뒤로 한 채 내 방으로 뛰어왔다.
침대 위에 몸을 던지고 두 손으로 얼굴을 감쌌다. 심장이
요동쳤다. 나는 너무나 부끄러우면서도 행복한 기분이 들
었다. 그리고 믿을 수 없을 정도의 흥분에 젖어 있었다.

마음이 진정되자 머리를 빗고 세수를 하고는 차를 마시
러 내려갔다. 그 아가씨의 모습이 아직도 내 눈앞에 아른
거렸지만 내 심장은 이제 요동치지 않고 단지 기분 좋게
죄어드는 것 같았다.

「무슨 일 있는 게냐?」

갑자기 아버지가 물었다.

「까마귀는 잡았니?」

아버지에게 모든 것을 말하고 싶었지만 간신히 참고 혼

자 미소 짓고 말았다. 잠자리에 들기 전에 한 발로 서서 빙
그르르 세 번을 돌았다. 이유는 나도 모른다. 나는 머리에
포마드를 바르고 자리에 누워 죽은 듯 잠에 빠져들었다.
해가 뜨기 전에 잠깐 잠이 깨어 고개를
들고 흥분된 마음으로 사방을 둘러보았
다. 그러고는 이내 다시 잠에 빠졌다.

**'어떻게 하면** 그들과 어울릴 수 있을까?'

다음 날 아침, 잠에서 깨어나자마자 든 생각이었다. 아침 식사 전에 정원으로 나가보았지만 담에 가까이 가지는 않았다. 아무도 보이지 않았다. 아침 식사 후에는 집 앞의 길을 여러 차례 산책하면서 창문을 힐끔힐끔 쳐다보았다. 한번은 그녀의 얼굴이 커튼 뒤로 보인 것 같아서 놀라 뒤로 물러나기도 했다.

'반드시 인사를 해야 해.'

이렇게 생각하며 나는 네스크치누이 공원 옆의 모래땅을 정처 없이 거닐었다.

'하지만 어떻게? 그게 문제야.'

어제의 장면을 다시 한 번 자세히 생각해보았다. 왠지 그녀가 나를 비웃고 있던 모습이 유난히 또렷하게 기억에 남았다. 하지만 내가 나에게 용기를 불어넣으며 온갖 궁리를 하고 있는 동안 운명은 이미 나를 이끌고 있었다.

내가 집을 비웠을 때 어머니는 우리의 새 이웃으로부터 회색 종이에 갈색 봉랍을 한 서신을 받았다. 그런데 이 봉랍이라는 것이 우체국에서 보내는 통지문이나 싸구려 와인 코르크 마개에나 사용되는 것이었다. 문법과 필체가 엉망인 이 편지에서 공작 부인은 우리 어머니에게 도움을 청했다. 공작 부인의 말에 따르면 그녀는 매우 중요한 소송에 연루되어 있는데 우리 어머니는 이름 있는 사람들과 친분이 있고 바로 여기에 그녀 자신과 아이들의 운명이 걸려 있다는 것이었다. 편지의 첫마디는 이러했다.

「귀족 여성으로서 귀족 여성께 편지를 씁니다. 이러한 기회를 가지게 되어 기쁘게 생각합니다.」

그녀는 어머니를 방문하도록 허락해줄 것을 간청하는 것으로 편지를 마쳤다. 내가 집에 돌아왔을 때 아버지가 출타 중이었던 터라 어머니는 의논할 사람이 없어 난감해 하고 있었다. '귀족 여성', 게다가 공작 부인에게 답장을 하지 않을 수는 없었다. 하지만 어머니는 어떻게 써야 할

지 방법을 모르고 있었다. 불어로 편지를 쓰자니 예의가
아닌 것 같았고, 러시아어로 편지를 쓰자니 맞춤법에 자신
이 없었고, 괜한 일로 약점을 잡히고 싶지도 않은 것이었
다. 내가 도착하자 어머니는 뛸 듯이 기뻐하며 즉시 공작
부인에게 가서 어머니의 힘이 닿는 한 언제든 공작 부인을
도와드릴 준비가 되어 있다는 것과 오후 한 시에 방문해주
길 바란다는 것을 구두로 전하라고 일렀다. 나의 은근한
욕망이 뜻밖에도 빨리 충족되자 나는 한편으로는 기쁘고
다른 한편으로는 겁이 났다. 하지만 나는 수줍은 티를 내
지 않고 새 넥타이를 매고 프록코트로 갈아입기 위해 먼저
내 방으로 갔다. 정말 싫었지만 집에서는 아직도 더블칼라
가 붙은 짧은 재킷을 입고 있었던 것이다.

# 4

**팔**다리가 부들부들 떨리는 것을 애써 감추며 공작 부인이 사는 별채의 좁고 지저분한 복도에 들어서자 거무죽죽한 얼굴에 돼지를 닮은 뚱한 눈을 한 백발이 성성한 하인이 나를 맞이했다. 이마에서 관자놀이까지 이어지는 주름은 내가 한 번도 본 적이 없을 정도로 깊게 패어 있었다. 그는 깨끗하게 먹어치운 청어 가시를 접시에 들고 발로 방문을 닫으며 나에게 무뚝뚝하게 물었다.

「무슨 일로 오셨습니까?」

「자세킨 공작 부인 계십니까?」

나는 물었다.

「보니파치!」

방문 뒤에서 날카로운 여자의 목소리가 들렸다.

하인은 조용히 뒤로 돌아섰다. 그가 입고 있는 제복에는 문장이 새겨진 녹슨 단추가 하나 달려 있었고 그가 돌아설 때 보인 등판은 매우 낡아 보였다. 그는 접시를 바닥에 내려놓고는 방으로 사라졌다.

「경찰서에 다녀왔나?」

같은 여자의 음성이 물었다. 하인이 중얼거리는 소리가 들렸다.

「뭐? 누가 왔다고?」

여자의 음성이 들렸다.

「옆집 도련님이라고? 어서 들어오시라고 해.」

「이쪽 응접실로 와주시기 바랍니다.」

다시 내 앞에 나타난 하인이 접시를 집어 들며 말했다.

나는 옷매무새를 단정히 하고 응접실이라고 일러준 곳으로 들어갔다.

응접실은 작고 정돈되어 있지 않았으며 급히 배치한 값싼 가구로 가득 차 있었다. 창가에는 팔이 하나 부러진 안락의자에 쉰 살 남짓한 부인이 앉아 있었다. 볼품없는 외모의 그녀는 낡아빠진 녹색 드레스를 입고 머리는 손질도

안 한 채로 알록달록한 스카프를 목에 감고 있었다. 그녀는 작고 검은 눈동자로 나를 빨아들일 듯 쳐다봤다. 나는 그녀에게 다가가서 고개를 숙여 인사했다.

「자세킨 공작 부인이십니까?」

「그래요. 내가 자세킨 공작 부인이에요. V 씨의 아드님이 맞나요?」

「그렇습니다. 저희 어머니의 말씀을 전하러 왔습니다.」

「앉으세요. 보니파치! 내 열쇠 어딨지? 열쇠 못 봤나?」

나는 그녀의 편지에 대한 어머니의 답변을 전했다. 그녀는 뚱뚱하고 불그스름한 손가락으로 창가를 두드리면서 내 말을 듣고 있다가, 내가 말을 마치자 다시 한 번 나를 빤히 쳐다봤다.

「좋아요. 곧 찾아뵙도록 하죠.」

한참 있다 그녀는 말했다.

「아주 어려 보이는데, 몇 살인지 물어봐도 될까요?」

「열여섯입니다.」

나는 더듬거리며 대답했다.

공작 부인은 주머니에서 글씨가 빼곡한 낡은 종이를 꺼내서는 코에 바싹 대고 이를 뒤져보기 시작했다.

「좋은 나이군요.」

그녀는 의자에서 몸을 비틀고 들썩이면서 불쑥 말했다.

「내 앞이라고 해서 계속 서 있을 필요 없어요. 난 격식을 따지지 않는 사람이니까요.」

'너무 안 따져서 문제군.'

그녀의 단정치 못한 모습을 보면서 나는 불쾌한 마음으로 생각했다.

바로 그 순간 응접실의 다른 문이 열리더니 전날 저녁 정원에서 보았던 아가씨가 나타났다.

「내 딸이에요.」

공작 부인이 팔꿈치로 가리키며 말했다.

「지노치카, 우리 옆집에 사시는 V 씨의 아드님이시다. 실례지만 성함이?」

「블라디미르입니다.」

나는 일어서면서 대답했다. 흥분한 나머지 발음이 약간 샜다.

「성은요?」

「페트로비치입니다.」

「그렇군요. 내가 아는 경찰서장 한 분이 있는데 그분 이름도 블라디미르 페트로비치랍니다. 보니파치! 열쇠 찾지 않아도 돼. 내 주머니에 있어!」

젊은 아가씨는 어제와 같이 재미있다는 듯 웃으며 눈을 약간 가늘게 뜨고는 고개를 한쪽으로 기울인 채 나를 쳐다봤다.

「무슈 볼데마르는 이미 만났어요.」

그녀가 말했다.(그녀의 옥구슬같이 부드러운 목소리에 나는 너무나 기쁜 나머지 소름이 돋을 것 같았다.)

「그렇게 불러도 될까요?」

「물론입니다.」

나는 더듬더듬 대답했다.

「어디서 만났다는 거지?」

공작 부인이 물었다.

그녀는 어머니의 질문에 대답하지 않았다.

「지금 바쁘신가요?」

내게서 눈을 떼지 않고 그녀는 물었다.

「아닙니다, 전혀.」

「그러면 털실 감는 것 좀 도와주시겠어요? 이쪽으로, 제 방으로 오세요.」

그녀는 내게 고갯짓을 하고는 응접실에서 나갔다. 나는 그녀를 따라갔다.

우리가 들어간 방의 가구는 그나마 좀 나은 편이었고 더

세련되게 배치되어 있었다. 그런데 사실 그 순간 나는 그 무엇도 똑똑히 관찰할 능력이 없었다. 나는 마치 몽유병 환자처럼 움직였고 우스꽝스러울 만큼 긴장해 있으면서도 온몸을 통해 강렬한 행복감을 느꼈다.

그녀는 앉아서 빨간 털실 뭉치를 꺼내고 나를 맞은편 의자에 앉도록 한 후 그것을 꼼꼼히 풀어 내 양손에 걸었다. 이 모든 것은 말없이 이루어졌다. 그녀는 예의 즐거운 표정을 지으며 신중하게 움직였다. 그리고 반쯤 벌어진 입에는 어제와 같이 무언가를 알고 있는 듯한 야릇한 미소를 머금고 있었다. 그녀는 접은 카드에 털실을 감다가 갑자기 너무나 눈부신 표정으로 나를 쳐다보았다. 나는 고개를 돌려야 했다. 그녀의 눈은 보통 반쯤 감긴 상태였는데 최대한 크게 뜨면 그녀의 얼굴은 완전히 다른 사람 같았다. 마치 밝은 해가 빛을 발하는 듯했다.

「어제 저에 대해 어떻게 생각했나요, 무슈 볼데마르?」

짧은 침묵 후에 그녀가 물었다.

「저를 원망했을 것 같은데, 그렇지 않나요?」

「저는…… 그러니까…… 아무 생각 없었습니다……. 어찌 그럴 수 있겠습니까?」

나는 뭔가 뭔지 모른 채 대답했다.

「사실.」

그녀가 말했다.

「저를 아직 잘 모르시겠지만 저는 아주 이상한 사람이에요. 전 항상 사람들이 진실을 말하기를 원하죠. 열여섯이라고 했죠? 저는 스물한 살이니까 제가 나이가 한참 많은 거예요. 그러니까 무슈 볼데마르는 항상 제게 진실을 말해야 하고, 제 말을 잘 들어야 해요. 절 보세요.」

그녀가 덧붙였다.

「왜 제 눈을 피하는 거죠?」

나는 어찌할 바를 몰랐지만 그녀의 눈을 봤다. 그녀는 미소를 지었다. 전과는 달리 호의적인 미소였다.

「절 보세요.」

목소리를 부드럽게 낮추며 그녀가 말했다.

「나쁘지 않은데요. 얼굴이 맘에 들어요. 친구가 될 것 같은 예감이 드는군요. 절 좋아하세요?」

그녀는 장난스럽게 물었다.

「아가씨……」

나는 입을 열었다.

「첫째, 절 지나이다 알렉산드로브나라고 불러주세요. 둘째, 왜 어린애가(그녀는 여기서 말

을 정정했다), 아니 젊은 사람이 느끼는 대로 얘기하지 않
죠? 그건 어른들이나 하는 짓이에요. 다시 한 번 물을게
요. 절 좋아하세요?」

나에게 이렇게 솔직하게 대해주어 기분이 좋았지만 한
편으로는 약간 모욕감이 느껴졌다. 나는 어린애가 아님을
그녀에게 보여주고 싶었고, 그래서 최대한 세상 물정 다
아는 듯한 심각한 표정으로 단호하게 말했다.

「물론 매우 좋아합니다, 지나이다 알렉산드로브나. 숨
길 생각은 없습니다.」

그녀는 천천히 고개를 저었다.

「가정교사가 있나요?」

그녀가 갑자기 물었다.

「아뇨, 가정교사 따위는 안 둔 지 오래입니다.」

나는 거짓말을 했다. 불어 가정교사가 그만둔 지는 불과
한 달밖에 안 되지 않았던가.

「그래요, 이젠 아주 어엿한 어른이군요!」

그녀는 내 손가락을 툭 쳤다.

「손을 쭉 펴야죠!」

그러고는 털실을 감는 데 집중했다.

그녀가 올려다보지 않는 틈을 이용해 나는 그녀를 유심

히 살펴보기 시작했다. 처음에는 힐끗힐끗 보았으나 점점 대담해졌다. 그녀의 얼굴은 어제보다 더 매력적으로 보였다. 너무나도 부드럽고 지적이고 사랑스러웠다. 그녀는 하얀 커튼을 내린 창문을 등지고 앉아 있었다. 햇살이 커튼을 통해 비치면서 그녀의 풍성한 금발과 순결한 목덜미, 동그스름한 어깨, 부드럽고 고요한 가슴을 온화하게 감쌌다. 그녀를 바라볼수록 너무나 사랑스럽고 소중하게 느껴졌다. 마치 지난 몇 년 동안 그녀를 알았던 것처럼 생각되면서 그녀를 알기 전에는 아무것도 모르고 살아온 것 같았고, 이 세상에 살아 있지도 않았던 것 같았다. 그녀는 좀 해진 짙은 색 드레스에 앞치마를 두르고 있었는데, 나는 그녀의 드레스와 앞치마의 모든 주름에 입맞춤을 해주고 싶었다. 그녀의 구두코가 드레스 밑으로 보였다. 나는 기

꺼이 그 신발을 향해 경배의 뜻으로 머리를 조아리고 싶은 생각까지 들었다.

'내가 그녀 앞에 앉아 있다니.'

나는 생각했다.

'꼭 그녀와 친하게 지내야지. 아, 이렇게 행복할 수가!'

나는 너무 기쁘고 들뜬 나머지 팔짝 뛸 지경이었지만 사탕을 받은 어린아이처럼 다리를 조금씩 버둥거렸을 뿐이

다. 물 만난 고기처럼 기뻤던 나는 그 방에서 떠나지 않고 내 남은 여생을 보내도 좋을 것 같았다.

그녀가 조용히 눈을 들자 밝은 눈이 태양처럼 내 얼굴에 비쳤다. 그리고 그녀는 다시 부드러운 미소를 지었다.

「왜 그렇게 쳐다보는 거죠?」

그녀는 천천히 물어보고는 손가락을 저었다.

나는 얼굴이 화끈 달아올랐다.

'그녀는 모든 것을 알고 있어. 모든 것을 보고 있어.'

이런 생각이 스쳐 지나갔다.

'물론 그녀는 모든 것을 알고, 모든 것을 볼 수 있겠지.'

갑자기 옆방에서 뭔가 덜컹하더니 군인용 칼이 절그럭거리는 소리가 들렸다.

「지나!」

공작 부인이 응접실에서 소리쳤다.

「벨로브조로프 씨가 새끼 고양이를 가져왔구나!」

「새끼 고양이라고!」

이렇게 외치면서 지나이다는 의자에서 벌떡 일어나 동그랗게 감은 털실을 내 무릎에 던지고는 부리나케 뛰어나갔다.

나도 일어나서 털실 뭉치와 감은 털실을 창가에 올려놓

고, 응접실에 들어서다가 놀라서 멈춰 섰다. 응접실 한가운데에 얼룩 고양이가 앞다리를 쭉 뻗은 채 엎드려 있었다. 지나이다는 그 앞에 무릎을 꿇고 앉아 고양이의 턱을 살며시 받쳐 들고 있었다. 공작 부인 옆에는 구불거리는 금발의 청년이 두 창문 사이의 공간을 거의 다 차지하고 서 있었다. 얼굴이 붉고 눈빛이 강렬한 경기병이었다.

「어머, 정말 재밌어요!」

그녀가 말했다.

「눈이 회색이 아니라 녹색이에요. 게다가 귀가 이렇게 크다니! 정말 고마워요, 빅토르 예고르이치! 정말 친절하시군요.」

어제 보았던 청년 중 한 명인 경기병은 웃으며 고개를 숙였다. 그러자 그가 신은 박차가 울리고 칼의 사슬과 고리가 절그럭거렸다.

「어제 당신이 귀가 큰 얼룩 고양이를 갖고 싶다고 말씀하셨죠. 그래서 제가 구해 왔습니다. 아가씨의 말은 곧 법이니까요.」

그리고 다시 한 번 고개를 숙였다.

고양이가 힘없이 야옹 하고 바닥을 핥기 시작했다.

「어머, 배가 고픈가 봐요!」

지나이다가 외쳤다.

「보니파치! 소냐! 우유 좀 가져와!」

낡아빠진 노란색 드레스를 입고 해진 손수건을 목에 감은 하녀가 우유를 담은 접시를 가져와 고양이 앞에 내려놓았다. 고양이는 몸을 부르르 떨더니 눈을 가늘게 뜨고 우유를 핥기 시작했다.

「어머, 저 귀여운 분홍색 혀를 봐!」

지나이다는 머리를 거의 바닥에 대고 고양이의 옆모습을 보면서 말했다. 고양이는 우유를 배불리 마시고는 기분 좋은 소리를 내더니 귀여운 척하며 바닥을 긁어댔다. 지나이다는 일어서서 하녀를 돌아보고 관심 없다는 듯이 말했다.

「고양이를 데려가요.」

「고양이에 대한 대가로 손을 주시겠습니까?」

경기병이 말했다. 그는 능글맞게 웃으며 새로 지급받은 유니폼이 터질 것 같은 건장한 몸을 비비 꼬았다.

「양손 다 드리죠!」

지나이다가 대답하며 그에게 손을 내밀었다. 그가 손에 입맞춤을 할 때 그녀는 그의 어깨 너머로 나를 바라보았다.

나는 그 자리에 꼼짝 않고 서서 웃어야 하는 것인지, 무어라 말을 해야 하는 것인지, 아니면 그저 잠자코 있어야 하는 것인지 갈피를 잡지 못하고 있었다. 그런데 그때 복도로 향하는 열린 문을 통해 우리 집 하인 표도르의 모습이 보였다. 그는 내게 손짓을 하고 있었다. 나는 기계적으로 그에게 갔다.

「무슨 일이야?」

내가 물었다.

「마님께서 찾으십니다.」

그가 속삭였다.

「와서 대답을 전해주시지 않아 언짢아하고 계십니다.」

「내가 여기 그리 오래 있었나?」

「한 시간이 넘었습니다.」

「한 시간이 넘었다고!」

나도 모르게 그의 말을 따라했다. 나는 응접실로 돌아가 사람들에게 고개를 숙이고 발을 뒤로 빼고 인사했다.

「어디 가세요?」

경기병 뒤에서 나를 보며 지나이다가 물었다.

「집에 가봐야겠습니다. 그럼.」

나는 그녀의 어머니를 향해 덧붙였다.

「한 시에 방문하신다고 전해드리겠습니다.」

「네, 그렇게 전해주세요. 착하기도 하지.」

공작 부인은 황급히 담뱃갑을 향해 손을 뻗어 코담배를 피웠는데, 그 소리가 너무 커서 나는 화들짝 놀랐다.

「네, 그렇게 전하세요.」

그녀는 눈물이 고인 눈을 깜빡이고 숨을 헐떡이며 다시 한 번 말했다.

나는 한 번 더 인사하고 돌아서서 응접실에서 나왔다. 사람들이 자신의 뒷모습을 쳐다보고 있다는 것을 깨닫는 순간, 젊은 사람이라면 누구나 느끼는 그런 어색한 기분이 등 뒤로 느껴졌다.

「또 와요, 무슈 볼데마르.」

지나이다는 이렇게 말하고 다시 한 번 큰 소리로 웃었다.

'왜 항상 웃는 거지?'

나는 표도르와 집으로 돌아오며 속으로 생각했다. 표도르는 잠자코 내 뒤에서 못마땅한 듯이 따라왔다. 어머니는 나를 야단치며 공작 부인 집에서 그렇게 오랜 시간 동안 도대체 무엇을 했느냐고 캐물었다. 나는 대답하지 않고 내 방으로 올라갔다. 갑자기 슬픔이 밀려왔다. 울음이 터지려는 것을 간신히 참았다. 나는 경기병이 부러웠던 것이다.

**5**

**공작 부인은 약속한 대로** 어머니를 방문했지만 어머니는 그녀를 탐탁지 않게 생각했다. 그 만남의 자리에 나는 없었지만 저녁 식사 시간에 어머니는 아버지에게 자세킨 공작 부인은 '매우 저속한 여자'라고 불어로 얘기하면서 세르게이 공작에게 잘 말해달라는 그녀의 부탁이 너무나도 지긋지긋했다고 말했다. 그리고 그녀가 각종 소송과 돈 문제에 연루되어 있는 걸로 보아, 그녀는 돌아다니면서 이런저런 문제를 일으키고 다니는 사람일 거라고 평했다. 하지만 어머니는 어쨌든 이웃이고 귀족이므로 그녀를 딸과 함께 내일 저녁 식사에 초대했다고 덧붙였다.(딸이라는 말을 듣는 순간 나는 접시 위로 고개를 푹 숙였

다.) 이에 대해 아버지는 그 여자가 누군지 이제야 기억난다고 말했다. 아버지는 젊은 시절 지금은 고인이 된 자세킨 공작을 잘 알고 있었다. 그는 좋은 교육을 받았으나 머리에 든 것이 없어 아무짝에도 쓸모없는 사람이었다. 파리에서 오랜 시간 거주한 이유로 사교계에서는 '파리지앵'으로 알려져 있었다. 한때 갑부였으나 도박으로 전 재산을 탕진했다. 그러고는 정확한 이유는 알 수 없지만, 아마 돈 때문이었던 듯, 하급 관리의 딸과 결혼했다. 「더 나은 상대도 얼마든지 있었을 텐데.」 아버지는 이렇게 덧붙이며 차갑게 웃었다. 그리고 결혼한 후 투기를 일삼던 그는 결국 철저히 망해버렸다.

「돈 꿔달란 소리나 안 했으면 좋겠군요.」

어머니가 말했다.

「그럴 가능성이 높지.」

아버지가 신중히 말했다.

「불어를 하던가요?」

「엉망이던걸요.」

「음. 상관없지. 딸도 초대했다고 한 것 같은데, 딸은 아주 매력적이고 교양 있는 여성이라고 들었소.」

「그래요? 어머니를 안 닮았군요.」

「아버지도 닮지 않았지.」

아버지가 말했다.

「물론 그도 교육을 받았지만 아주 어리석은 사람이었소.」

어머니는 한숨을 내쉬고는 생각에 잠겼다. 아버지는 아무 말이 없었다. 나는 두 분 사이에 오가는 대화를 들으며 마음이 몹시 불편했다.

저녁 식사 후 정원에 나갔는데 이번에는 총을 가져가지 않았다. 나는 자세킨 정원은 근처에도 가지 않을 것이라 스스로 다짐했지만 결국 어떤 불가항력적인 힘에 이끌려 그곳으로 갔다. 그래도 허사는 아니었다. 담에 가까이 다가서자 바로 지나이다가 보였다. 혼자였다. 그녀는 책을 읽으며 길을 따라 천천히 걸어가고 있었다. 나를 보지는 못했다.

나는 그녀를 그냥 보내려다 돌연 생각을 바꿔 헛기침을 했다. 그녀는 고개를 돌렸으나 걸음을 멈추지 않고, 머리 위의 동그란 밀짚모자에 달린 커다란 푸른 리본을 옆으로 돌렸다. 그리고 나를 보고 조용히 웃고는 다시 눈을 책으로 돌렸다.

나는 모자를 벗고 잠시 망설이다가 무거운 마음으로 돌

아섰다.

'나는 그녀에게 무엇인가?'

나는 불어로 생각했다. 왜 하필 불어였는지 그 이유를
누가 알겠는가. 뒤에서 낯익은 발자국 소리가 들렸다. 돌
아보니 아버지가 등불을 들고 빠른 걸음으로 성큼성큼 걸
어오고 있었다.

「저 아가씨가 공작 부인의 딸이냐?」

아버지가 물었다.

「예.」

「아는 사이니?」

「오늘 아침에 공작 부인 댁에서 만났어요.」

아버지는 걸음을 멈추고 갑자기 되돌아갔다. 그리고 지
나이다 근처에 다가가서는 정중히 인사했다. 그녀 역시 아
버지를 향해 인사를 했는데 얼굴에 약간 놀란 빛이 스치며
책을 들었던 손이 아래로 내려졌다. 나는 그녀가 눈으로
아버지를 좇는 것을 보았다. 아버지는 언제나 특유의 심플
하면서도 독특하고 품위 있는 옷차림을
했다. 하지만 그때만큼 날렵해 보인 적
이 없었고, 나이가 들어도 거의 가늘어
지지 않은 곱슬머리 위에 쓴 회색 모자는

그 어느 때보다 멋있어 보였다.

　나는 지나이다에게 다가가려 했으나, 그녀는 나에게 눈길 한 번 주지 않고 책을 들고 가버렸다.

6

그날 밤 내내 그리고 그 다음 날 아침
에도 나는 절망감에 빠져 멍하니 시간을 보냈다. 기억하건
대, 공부할 생각으로 카이다노프의 책을 집어 들었지만 이
유명한 역사책의 빼곡한 글이나 문장도 아무런 의미 없이
스쳐 지나갔다. 열 번도 넘게 「줄리우스 카이사르는 용맹
한 군인이었다」라는 구절을 읽었으나 전혀 머리에 들어오
지 않았다. 결국 나는 책을 집어 던지고 말았다. 나는 저녁
식사 전에 다시 한 번 머리에 포마드를 바르고 프록코트를
입고 넥타이를 맸다.

「웬일로 그걸 다 입었지?」

어머니가 물었다.

「아직 대학생도 아니잖니. 게다가 시험에 합격할지도 모르고. 재킷도 얼마 전에 맞췄잖아? 설마 벌써 버리려는 것은 아니겠지?」

「손님이 오시잖아요.」

낭패감에 목소리가 기어들었다.

「말도 안 돼. 손님이라니!」

결국 내가 포기했다. 나는 프록코트를 재킷으로 다시 갈아입었다. 하지만 넥타이는 풀지 않았다. 공작 부인 모녀는 저녁 식사 시간 삼십 분 전에 도착했다. 공작 부인은 내가 이미 본 녹색 드레스에 노란 숄을 걸치고 불꽃같이 강렬한 빨간색 리본이 달린 낡은 모자를 쓰고 왔다. 그녀는 도착하자마자 돈 문제를 들먹이더니 자신의 가난에 대해 탄식하고 불평을 늘어놓으면서 예의라고는 전혀 없이 '끊임없이 떠들어댔 다. 마치 제 집인 양 요란스럽게 코담배를 피웠으며 의자에 앉아서도 가만히 있지를 못하고 온몸을 비틀고 들썩거렸다. 자신이 공작 부인이라는 사실을 전혀 모르는 것 같았다. 그에 반해 지나이다는 진짜 공작 부인처럼 도도하리만치 자세가 꼿꼿했다. 그녀는 찬바람이 불 정도로 무표정하고 심각한 얼굴을 하고 있었다. 간결하게 훑어보는 눈길이나 미소는 내가 아는 그것이 아니었지

만 새로운 분위기를 풍기는 그녀는 매우 아름다워 보였다. 그녀는 옅은 하늘색 무늬의 얇은 비단 드레스를 입고 있었다. 머리는 영국식으로 길게 땋아 내려 볼에 와 닿았다. 그녀의 차가운 표정에 잘 어울리는 머리였다. 아버지는 저녁 식사 때 그녀 옆에 앉아 특유의 품위 있고 점잖고 정중한 모습으로 대화를 이끌었다. 간혹 그녀를 흘끗 쳐다보았고 그러면 그녀도 같이 쳐다보았는데, 이상하게 거의 적대감을 풍기기까지 했다. 아버지와 지나이다는 불어로 대화를 나누었다. 지나이다의 명료한 발음에 크게 놀랐던 것을 기억한다. 공작 부인은 식사 자리에서도 예의 자유분방한 모습으로 음식을 넙죽넙죽 받아먹으며 연신 요리 솜씨를 칭찬했다. 어머니는 도저히 참을 수 없다는 듯 건성으로 대답했고, 아버지는 간혹 인상을 찌푸렸다. 어머니는 지나이다도 못마땅해했다.

「어찌나 건방지던지.」

그 다음 날 어머니가 말했다.

「게다가 그리제트[2] 같은 얼굴을 해가지고 뭐가 그리 자랑스럽다는 거야?」

2) 프랑스 하류 계급의 말괄량이 아가씨를 이르는 말이다.

「당신은 그리제트를 본 적이 없잖소.」

아버지가 말했다.

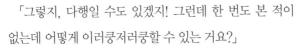

「못 본 것이 다행이죠!」

「그렇지, 다행일 수도 있겠지! 그런데 한 번도 본 적이 없는데 어떻게 이러쿵저러쿵할 수 있는 거요?」

그날 지나이다는 내게 전혀 관심을 보이지 않았다. 공작 부인은 저녁 식사가 끝나자 곧 인사를 했다.

「마리야 니콜라예브나, 표트르 바실례비치. 두 분께서 제게 베푸시는 은혜에 모든 희망을 걸겠어요.」

그녀는 마치 읊조리듯이 어머니와 아버지에게 슬프게 말했다.

「어쩔 수가 없어요. 한때 좋은 시절도 있었지만 이젠 가 버렸죠! 남은 건 이름밖에 없어요.」

그녀는 볼썽사납게 웃었다.

「하지만 여왕이라도 돈 한 푼 없으면 무슨 소용이겠어요.」

아버지는 아주 정중하게 인사하고 복도 입구까지 배웅했다. 나는 짧은 재킷을 입은 채 마치 유죄 판결을 받은 죄인이라도 된 양 바닥만 뚫어져라 쳐다보았다. 지나이다의 냉대에 나는 절망하고 말았다. 그러니 그녀가 내 옆을 지나가면서 예전의 부드러운 눈빛으로 재빨리 이렇게 속삭였을 때 내가 얼마나 놀랐겠는가!

「여덟 시에 우리 집에 꼭 와요, 알았죠?」

나는 놀라서 손을 펼쳐 보였다. 하지만 그녀는 이미 가 버린 뒤였다. 하얀 스카프로 머리를 가리고.

여덟 시 정각에 나는 프록코트를 입고, 머리를 빗어 위로 한껏 추어올리고, 공작 부인이 사는 별채의 복도에 들어섰다. 나이 든 하인은 어두운 표정으로 나를 올려다보고는 마지못해 벤치에서 일어섰다. 응접실은 밝은 목소리로 왁자지껄했다. 나는 문을 연 순간 놀라서 한 걸음 뒤로 물러섰다. 응접실 한가운데에 놓인 의자 위에 지나이다가 남자의 모자를 들고 서 있었고, 남자 다섯 명이 의자 가까이 몰려 있었다. 남자들은 모자에 손을 넣으려 하고 있었지만 지나이다는 이를 높이 치켜들고 세게 흔들었다. 그녀는 내가 온 것을 보자 외쳤다.

「잠깐! 잠깐! 새로 온 사람이 있으니 표를 줘야죠.」

그녀는 의자에서 사뿐히 뛰어 내려와 나의 소매 끝을 잡
아끌었다.

「어서 와요.」

그녀가 말했다.

「왜 가만히 서 있죠? 여러분, 소개해드릴게
요. 이쪽은 무슈 볼데마르, 우리 이웃의 아드
님이에요. 그리고 이쪽은…….」

그녀는 나를 보고 손님을 한 명씩 가리키며 말했다.

「말레프스키 백작, 여기는 루신 박사, 여기는 시인 마이
다노프, 여기는 전역 대위인 니르마츠키, 그리고 경기병
벨로브조로프, 이미 만났죠. 모두 친하게 지내세요.」

나는 너무나 창피해서 아무에게도 인사를 하지 않았다.
루신 박사라는 사람은 정원에서 내게 그토록 신랄한 말을
했던 검은 머리의 남자였다. 나머지는 모르는 사람이었다.

「백작님.」

지나이다가 말했다.

「무슈 볼데마르에게 표를 하나 써주세요.」

「불공평하군요.」

백작은 폴란드 억양이 약간 섞인 말투로 말했다. 그는
준수한 외모에 세련된 옷차림을 하고 있었으며, 갈색 머리

와 강렬한 갈색 눈에 코는 작고 가늘었으며, 작은 입 위로 얇은 콧수염을 기르고 있었다.

「우리와 함께 벌칙 놀이를 한 적이 없지 않소.」

「불공평합니다.」

벨로브조로프와 전역 대위라는 사람이 동시에 거들고 나섰다. 심한 곰보여서 못생겼다고밖에 할 수 없는 사십 대의 전역 대위는 흑인 같은 곱슬머리에 어깨는 둥글고 다리마저 휘었으며, 견장도 없는 군대 예복을 단추도 채우지 않은 채 풀어헤치고 있었다.

「표를 쓰라니까요.」

지나이다가 다시 말했다.

「갑자기 왜 말을 안 듣는 거죠? 무슈 볼데마르는 처음 왔으니 오늘 그에게는 규칙이 적용되지 않아요. 더는 군소리 않기예요. 빨리 쓰세요.」

백작은 어깨를 으쓱하고는 정중히 고개를 숙인 후 반지를 낀 새하얀 손으로 펜을 들고 종이 한 장을 찢어 써 내려갔다.

「그럼 무슈 볼데마르에게 설명을 해줘야겠군요.」

루신이 빈정거리는 투로 말했다.

「그러지 않으면 너무 헤매지 않겠어요? 젊은 친구, 우리는 지금 벌칙 놀이를 하고 있소. 지나이다가 벌칙을 받을 차례인데 당첨되는 사람은 그녀의 손에 키스를 할 수 있지. 내가 한 말 알아듣겠소?」

나는 아무 말 없이 그를 바라보며 멍하니 서 있었고, 지나이다는 의자 위로 다시 뛰어올라 모자를 흔들어댔다. 모두가 그녀 주위로 몰려들어 나는 제일 뒤로 밀려났다.

「마이다노프.」

그녀는 근시처럼 보이는 작은 눈에 얼굴이 길고 치렁치렁한 까만 머리를 기른 키가 큰 청년에게 말했다.

「시인으로서 너그러워야죠. 무슈 볼데마르에게 표를 양보하세요. 그럼 그가 한 번이 아닌 두 번의 기회를 가질 수 있잖아요.」

마이다노프가 거절의 뜻으로 고개를 젓자 길고 검은 머리가 팔랑거렸다. 나는 제일 마지막에 손을 넣어 표를 집어 열어보았다. 하늘이여, 이를 보는 순간 얼마나 놀랐던지……. 키스!

「키스!」

나는 외쳤다.

「브라보, 당첨됐네요!」

지나이다가 감탄했다.

「정말 기뻐요!」

그녀가 의자에서 내려와 내 눈을 너무도 투명하고 사랑스럽게 응시했기에 나는 가슴이 뛰었다.

「당신도 기쁘죠?」

그녀가 물었다.

「저요?」

나는 머뭇거렸다.

「그 표를 나에게 파시오.」

벨로브조로프가 갑자기 내 귓전에서 소리쳤다.

「백 루블을 주겠소.」

내가 그에게 힐난하는 표정을 짓자 지나이다는 박수를 쳤고 루신은 이렇게 외쳤다.

「좋아요! 하지만.」

그는 말했다.

「나는 진행자로서 규칙을 엄격히 적용해야 합니다. 무슈 볼데마르, 한쪽 무릎을 세우고 앉으시오. 규칙은 규칙입니다.」

지나이다는 내 앞에 서서 나를 제대로 보겠다는 듯이 한쪽으로 머리를 약간 기울이고 진지하게 손을 내밀었다. 나는 기절할 것만 같았다. 한쪽 무릎을 세우려 했으나 두 무룰을 모두 꿇어버렸고, 지나이다의 손가락에 입술을 대는 것이 너무도 서툴러 그녀의 손톱에 코끝을 약간 긁히기까지 했다.

「잘했습니다!」

루신은 이렇게 선언하고 나를 곧바로 일으켜 세웠다.

벌칙 놀이는 계속됐다. 지나이다는 나를 자기 옆에 앉혔다. 그녀는 온갖 종류의 벌칙을 만들어냈다! 그중 하나는 그녀가 조각 흉내를 내는 것이었는데 그녀는 못생긴 니르마츠키를 받침대로 삼아 그에게 턱을 가슴에 대고 엎드리도록 했다. 웃음이 끊이지 않았다. 상류층의 근엄한 집안에서 외롭게 자란 나는 소음과 잡음, 아무런 격식도 없는 난장판에 가까운 즐거움, 낯선 사람과 가지는 이 모든 듣도 보도 못한 일들에 머리가 어지러웠다. 마치 와인을 너무 많이 마신 사람처럼 취한 것 같았다. 나는 다른 사람들보다 더 큰 소리로 웃고 떠들었다. 그 소리에 옆방에서 법원의 하급 관리와 상담을 하고 있던 공작 부인마저 의아하게 여긴 나머지 우리 방으로 건너와 나를 유심히 살펴보았다. 하지만 나는 너무나도 기분이 들떠 누가 나를 비웃든 못마땅하다는 듯 노려보든

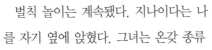

개의치 않았다. 지나이다는 계속 내 편을 들어주었고 자기 옆을 떠나지 못하게 했다. 한번은 그녀 옆에 앉아 비단 스카프 한 장으로 우리 둘의 머리를 함께 덮고 그녀에게 나의 비밀 얘기를 하는 벌칙을 받았다. 그 숨 막힐 듯한, 향이 나는 반쯤 투명한 스카프 속에서 우리 둘의 머리가 얼마나 가까웠는지, 가까이 바라본 그녀의 눈빛이 얼마나 부드러웠는지, 벌어진 그녀의 입술 사이로 새어 나오는 숨결이 얼마나 뜨거웠는지, 그녀의 치아가 어떻게 드러나 보였는지, 그녀의 머리칼의 감촉이 얼마나 뜨겁고 간지러웠는지 나는 결코 잊을 수 없을 것이다. 나는 아무 말도 할 수 없었다. 그녀는 다 안다는 듯한 장난기 어린 미소를 띠고 한참 만에 속삭였다.

「얘기해봐요. 왜 안 하는 거죠?」

나는 얼굴이 후끈 달아오르는 것을 웃음으로 무마하면서 고개를 돌렸다. 숨도 제대로 쉬지 못했다. 벌칙 놀이가 재미없으면 우리는 줄 놀이를 했다. 신이여, 그 즐거움이란! 내가 집중하지 않아서 그녀가 내 손을 찰싹 때렸을 때 나는 얼마나 기뻤던가! 그 다음부터 나는 일부러 집중하지 않는 척했으나 그녀는 나를 놀리기만 할 뿐 내가 내민 손을 본체만체했다.

우리는 그날 저녁 온갖 놀이를 다 했다! 피아노 반주에 맞춰 노래하고 춤을 추며 집시 흉내를 냈다. 니르마츠키는 곰처럼 분장하고 소금물을 마셔야만 했다. 말레프스키 백작이 트럼프 기술을 보여준다며 카드를 섞은 다음 휘스트의 으뜸 패만을 뽑아내자 루신은 매우 감탄했다. 마이다노프는 낭만주의의 절정기였던 당시의 분위기에 걸맞게 〈살인자〉라는 제목으로 자신이 쓴 시의 일부를 낭송했다. 그는 이를 새까만 표지에 핏빛 제목으로 출판할 계획이었다. 법원의 하급 관리는 무릎에 올려놓았던 모자를 뺏기고 이를 돌려받기 위해 카자크 춤을 추어야 했다. 늙은 보니파치에게는 여성용 모자를 씌우고 지나이다는 남자 모자를 썼다. 우리의 놀이는 끝이 없었다! 벨로브조로프만이 한쪽 구석에서 화가 난 듯 인상을 잔뜩 구기고 서 있었다. 그는 가끔 눈이 충혈되고 얼굴도 붉어졌다. 마치 우리에게 몸을 던져 우리 모두를 나뭇조각처럼 이리저리 집어 던질 기세를 보였으나 지나이다가 그를 보고 손가락을 저으면 그는 다시 구석으로 돌아가곤 했다.

어느덧 다들 지쳤다. 공작 부인은 자기 말마따나 격식을 차리지 않는 사람이어서 우리가 아무리 괴성을 질러도 화를 내지 않았지만 결국 그녀마저도 힘에 겨워 쉬고 싶어했다. 자정 무렵에 우리는 밤참으로 오래된 마른 치즈와 햄이 섞인 차가운 파이를 먹었다. 나에게는 그 어느 고급 파이보다 맛있었다. 와인은 한 병밖에 없었는데 그 병이 아주 묘하게 생겨 유리는 검고 병목이 아주 넓었다. 붉은 물감을 풀어놓은 듯한 그 와인은 아무도 마시지 않았다. 나는 금방이라도 쓰러질 것처럼 지쳤지만 행복한 마음으로 그들이 사는 별채를 떠났다. 작별 인사를 하면서 지나이다는 내 손을 꼭 쥐고 다시 한 번 야릇한 미소를 지었다.

밤공기가 상기된 내 얼굴에 무겁고 축축하게 스쳤다. 곧 폭풍이 몰아닥칠 것 같았다. 검은 구름이 몰려와 천천히 흘러가면서 계속 모양을 바꾸었다. 바람이 불자 시커먼 나무들이 와스스 몸을 떨었고, 보이지 않는 지평선 어디에선가 천둥소리가 마치 혼자 중얼거리는 것처럼 사납고도 둔탁하게 울려 퍼졌다.

나는 뒤 계단을 통해 방으로 올라갔다. 내 하인이 바닥에서 잠들었기에 나는 그를 넘어가야 했다. 하인이 잠에서 깨어 나를 보고는 어머니가 또 화를 내고 나를 부르려 했지만 아버지가 말렸다고 말해주었다. 이제까지 나는 잠자리에 들기 전에 어머니에게 인사를 드리는 것을 거른 적이 없었다. 뭐 이젠 어쩔 수 없었다! 나는 하인에게 혼자 옷을 갈아입고 잠자리에 들겠다고 말하고 촛불을 껐다. 하지만 나는 옷을 갈아입지도, 잠자리에 들지도 않았다.

나는 의자에 앉아 최면에 걸린 사람처럼 한  참을 멍하니 있었다. 나의 이 감각들은 너무 나도 새롭고 달콤한 것이었다. 나는 그렇게 앉아 눈을 돌리거나 움직이지도 않고 호흡을 가다듬었다. 그리고 내가 사랑에 빠졌다는 사실을 생각하며 가끔 히죽 웃기도 하고 가슴의 가느다란 떨림을 느끼기도 했다. 그렇다, 이것이 바로 사랑이다. 지나이다의 얼굴이 어둠 속에서 조용히 내 눈앞에 떠올랐다. 한번 떠오른 그 얼굴은 사라질 줄을 몰랐다. 그녀는 입술에 종전의 야릇한 미소를 머금고, 약간 고개를 돌려 무엇인가 물어보려는 듯, 생각에 잠긴 듯 아까 작별 인사를 할 때와 같은 부드러운 눈빛으로 나를 바라보았다. 한참 후 나는 일어나 살그머니 침대로 가서 옷을 그대로 입은 채 베개에 머리를 댔다. 마치 갑작스레 움직이면 내 마음속에 가득 찬 느낌이 쏟아지기라도 할까 두려운 듯이.

나는 자리에 누웠지만 눈은 말똥말똥했다. 곧 희미한 불빛이 계속 방 안에 스며드는 것을 느꼈다. 난 침대에서 일어나 창문 밖을 내다보았다. 유리창의 신비하고 뿌연 빛 속에 창틀이 선명하게 드러났다. '태풍이구나' 하는 생각이 들었는데, 실제로 이는 태풍이었지만 너무 멀어서 천둥소리는 들리지 않았다. 단지 길고 끝이 갈라지는 번개가 희미한 불빛으로 끊임없이 하늘을 채웠을 뿐이다. 빛을 발한다기보다 허연 것이 부르르 떠는 모습이 죽어가는 새가 날개를 파닥이는 것을 연상시켰다. 나는 자리에서 일어나 창가로 다가가 새벽까지 그 자리에 서 있었다. 번개는 잠시도 멈추지 않았다. 농부들의 말을 빌리자면 '참새가 많은' 여름밤이었다. 나는 고요한 모래땅, 네스크치누이 공원의 어두운 전경, 불빛이 번쩍할 때마다 진동하는 듯한 멀리 있는 건물의 노란빛을 띤 모습을 바라보았다. 시선을 거둘 수가 없었다. 소리 없는 번개와 조용한 섬광은 마치 내 마음속에서 빛을 발하고 있는, 아무에게도 얘기할 수 없는 비밀스런 욕망에 대한 대답인 것만 같았다. 아침이 다가오면서 새벽하늘은 마치 붉은 점을 찍은 한 폭의 점화(點畵)처럼 보였다. 태양이 뜨면서 번개는 점점 희미해졌고 횟수도 차츰 줄었다. 흔들리는 불빛이 점점 뜸해지더니 급기야는 하루의 시작을 알리는 또렷하고 선명한 빛에 가려 완전히 사라져버렸다.

그리고 내 마음속의 불빛도 꺼졌다. 적막과 함께 피로가 나를 엄습했다. 그러나 지나이다의 모습은 아직도 내 마음속에 의기양양하게 자리 잡고 있었다. 그녀의 모습은 마치 늪 위에서 홀로 떠올라 하늘을 거니는 백조처럼 너무나도 평화로워 보였다. 나는 잠이 들기 전 마지막으로 그녀의 모습 앞에 진심 어린 애정의 표현으로 내 온몸을 바쳐 작별 인사를 했다.

아! 그 감미로운 기분, 은은한 소리, 사랑에 감명받은 영혼의 선함과 평온함, 온몸이 녹아내릴 듯한 첫사랑의 환희…… 이제는 어디로 갔을까, 어디로 간 것일까?

**8**

다음 날 아침 식사를 하러 내려갔을 때 어머니는 나를 꾸짖으면서(하지만 각오했던 것보다 심하진 않았다) 전날 밤에 있었던 일에 대해 물었다. 나는 자세한 얘기는 하지 않았고, 아주 건전한 분위기였던 듯 꾸며 간략하게 대답했다.

「하지만 그들은 점잖은 사람들이 아니야.」

어머니가 말씀하셨다.

「그 사람들과 어울리면서 시간을 낭비하기보다 시험 준비를 해야 하지 않겠니?」

나의 시험 준비에 대해 항상 하는 말이었기 때문에 나는 뭐라 대꾸할 필요를 느끼지 못했다. 그러나 아침 식사 후 아버지는 내 팔을 잡아끌고 정원으로 나가 자세킨의 집에서 있었던 일에 대해 소상히 물었다.

아버지는 내게 이상한 힘을 발휘했으며 우리 부자 관계는 매우 특이했다. 아버지는 나의 교육에 대해 간섭하는 일이 거의 없었지만, 나의 감정을 상하게 하는 경우도 없었다. 나의 독립성을 인정하고, 이렇게 표현해도 되는지 모르겠지만, 심지어 내 앞에서 예의를 갖춰 정중하게 대하기도 했다. 다만 항상 거리를 유지했다. 나는 아버지를 사랑하고 존경했다. 내 눈에는 가장 이상적인 남성이었다. 그러나 나를 멀리하는 아버지의 손, 항상 나를 밀어내는 그 손만 아니었으면 나는 아버지에게 더욱 강한 애정을 느꼈을 것이다. 하지만 아버지는 원한다면 언제든 순식간에, 말 한마디 또는 손짓 하나로 나의 무조건적인 신뢰를 불러일으킬 수 있었다. 그럴 때에 나는 마음을 완전히 열고 아버지에게 모든 것을 털어놓았다. 마치 지적인 친구나 이해심 많은 상담자에게 하듯이. 그러면 아버지는 또 갑작스럽게 내게서 돌아섰다. 아버지의 손이 다시 나를 밀어냈다. 부드럽고 은근한 손길이었지만 나를 밀어내는 것은 마찬가지였다.

가끔은 기분이 들떠 어린 소년처럼 나와 함께 장난을 치

고 놀이를 즐기기도 했다.(아버지는 몸을 과격하게 움직이는 깃을 좋아했다.) 나는 언젠가 아버지가 한 번, 단 한 번 나에게 너무나도 다정하게 대해줘서 울 뻔한 적이 있다. 그러나 아버지의 들뜬 기분이나 다정함은 갑자기 흔적 없이 사라지곤 했고, 그 다음에 우리 사이에 남은 관계를 느끼면서 나는 미래에 대한 희망을 가질 수 없었다. 그것은 마치 꿈과도 같았다. 나는 아버지의 지적이고 준수하며 맑은 얼굴을 유심히 살펴보곤 했는데, 그럴 때마다 내 가슴은 뛰고 온몸을 바쳐 아버지를 기쁘게 해드리고 싶은 생각이 들었다. 그러면 아버지는 마치 내 마음을 읽기라도 한 듯 자연스럽게 볼을 두드려주었다. 그러고는 돌연히 어디로 가버린다든가 다른 일에 몰두한다든가 하는 아버지만의 방식으로 냉담하게 얼어붙었고, 그럴 때 내 마음은 순식간에 움츠러들어 아버지와 마찬가지로 차갑게 변했다. 아버지의 간헐적이고 돌연한 다정함은 내가 말로 표현하지는 않았지만 아들로서 당연히 가지는 간절함을 달래주기 위한 것이 아니었다. 그것은 언제나 예기치 못하게 나타나곤 했다. 훗날 아버지의 성격을 이모저모 생각하면서 나는 아버지가 당신의 아들

69

이나 가정생활을 결코 좋아하지 않았다는 결론을 내렸다.
아버지는 무엇인가 다른 것을 원했고 그것을 찾아 최대한
즐겼던 것이다.

「취할 수 있는 것은 모두 스스로 취하고 다른 사람 손에
자신을 맡기지 않도록 해라. 너는 너 자신의 것이야. 그게
바로 인생이란다.」

언젠가 아버지는 이렇게 말했다. 또 언젠가 한번 나는
젊은 민주주의자로서 아버지 앞에서 자유에 대해 논한 적
이 있다.(그날은 아버지가 '다정한' 날이었기 때문에 나는 무슨
얘기든 할 수 있었다.)

「자유라……」

아버지가 반복했다.

「사람을 자유롭게 하는 게 무엇인지 아니?」

「뭔데요?」

「의지란다. 너 자신의 의지, 그리고 그에 따른 힘이다.
이는 자유보다 더 좋은 것이지. 자신의 의지를 표현하는
방법을 배우렴. 그러면 자유로워질 것이고 네 삶을 이끌어
갈 수 있을 거야.」

아버지는 그 무엇보다 삶에 대한 의지가 강했고 삶을 최
대한 누렸다. 어쩌면 아버지는 '인생의 가장 중요한 것' 을

누릴 시간이 많지 않다는 사실을 직감적으로 느꼈는지도 모른다. 마흔두 살에 돌아가셨으니까.

나는 아버지에게 자세킨의 집에서 있었던 일에 대해 모조리 털어놓았다. 아버지는 벤치에 앉아 말채찍으로 모래에 낙서를 하면서, 반은 듣고 반은 흘리듯 내 얘기를 들었다. 가끔 웃거나 밝고 장난스런 눈빛으로 나를 바라보기도 하고 간단한 질문이나 대꾸를 하면서 내 이야기를 이끌어 갔다. 나는 처음에는 지나이다의 이름조차 언급하지 않으려 했으나, 이내 참지 못하고 그녀를 칭찬하기 시작했다. 아버지는 계속 쿡쿡 웃다가 이야기가 끝나자 잠시 생각에 잠기더니 기지개를 켜며 일어섰다.

그때 아버지가 집을 나서면서 하인에게 말에 안장을 채우라고 지시한 게 생각났다. 아버지는 승마를 워낙 잘해서 아무리 사나운 야생마라도 레러리 씨보다 먼저 길들일 수 있었다.

「저도 같이 갈까요, 아버지?」

내가 물었다.

「아니다.」

이렇게 대답하는 아버지의 얼굴은 예의 다정하지만 거리감 있는 표정으로 바뀌어 있었다.

「가고 싶으면 혼자 가려무나. 마부에게 나는 오늘 승마를 하지 않는다고 전해주고.」

아버지는 돌아서서 서둘러 가버렸다. 나는 눈으로 아버지를 좇아 아버지가 대문을 통해 사라지고 모자가 담 위로 지나가는 모습을 보았다. 아버지는 자세킨의 집으로 가고 있었다. 아버지는 그 집에 한 시간도 머물지 않았으나 그 길로 곧장 시내로 간 후 저녁 무렵에야 귀가했다.

저녁 식사 후 이번에는 내가 자세킨의 집에 갔다. 응접실에 지나이다의 어머니가 혼자 앉아 있었다. 그녀는 나를 보고는 뜨개바늘을 모자 밑으로 쑤셔 넣어 머리를 긁적대더니 갑자기 나에게 진정서를 써줄 수 있느냐고 물었다.

「기꺼이 써드리죠.」

나는 대답하면서 의자 끝에 걸터앉았다.

「크게 써줬으면 좋겠는데.」

공작 부인은 중얼거리면서 낡은 종이 한 장을 내밀었다.

「오늘 해줄 수 있을까요?」

「예, 오늘 안으로 해드리겠습니다.」

옆방 문이 살짝 열리더니 지나이다의 얼굴이 보였다. 머리를 자연스럽게 뒤로 넘긴, 생각에 잠긴 듯한 하얀 얼굴. 지나이다는 큰 눈으로 차갑게 나를 바라보더니 조용히 문

을 닫았다.

「지나, 애야!」

공작 부인이 불렀다.

지나이다는 대꾸가 없었다. 나는 공작 부인의 진정서를
받아 들고는 그날 밤 내내 그것에 매달렸다.

# 9

이날부터 나의 '격정'은 시작됐다. 내가 기억하기론 첫 직장을 얻었을 때와 같은 심정이었던 듯하다. 나는 이미 소년이 아니었다. 사랑에 빠진 것이다. 하지만 이날부터 나의 고통이 함께 시작되었다고 해도 무리가 아닐 것이다. 지나이다가 없을 때 나는 완전히 절망의 늪에 빠졌다. 아무런 생각도 들지 않았고, 모든 일이 낯설게 느껴졌으며, 하루 종일 그녀 외에는 아무것도 생각할 수 없었다. 이러한 나 자신이 한심하게 느껴졌지만 그녀가 곁에 있다고 해서 별반 다를 것도 없었다. 나는 심한 질투를 느꼈고, 스스로를 하찮게 생각했고, 바보같이 예민해지는가 하면, 어리석을 만큼 비굴해졌다. 그럼에도 불구하고

거역할 수 없는 힘이 나를 지나이다에게 끌어당겨 나는 그녀의 방에 들어갈 때마다 행복에 겨워 전율했다. 지나이다는 내가 자신을 사랑한다는 사실을 단번에 눈치 챘고, 나도 이를 굳이 숨기려 하지 않았다. 그녀는 그녀에 대한 나의 열정이 재미있다는 듯 놀리기도 하고 달래기도 하면서 나를 고문했다. 한 사람에게 가장 큰 기쁨과 가장 깊은 슬픔의 유일하고도 절대적인 원인이 된다는 것은 아주 기분 좋은 일일 것이다. 지나이다의 손에서 나는 말랑말랑한 밀랍과도 같았다. 게다가 지나이다를 사랑하는 사람은 나뿐이 아니었다. 그녀의 집을 찾는 남자들은 모두 그녀에게 미쳐 있었고, 그녀는 그들에게 마치 개 목걸이를 채운 듯 자신의 주위를 맴돌게 했다. 그녀는 원할 때면 언제든 그들에게 희망이나 두려움을 주며 이리저리 마음대로 다루는 것을 즐겼다.(그녀는 이것을 '서로 부딪쳐 나가떨어지게 한다'라고 표현했다.) 그들은 그녀의 뜻을 거역하는 것은 꿈도 꾸지 않고 기꺼이 복종했다. 그녀의 존재 자체, 생명력이 넘치는 아름다운 그녀의 존재는 영리함과 무심함, 가식과 자연스러움, 평온함과 장난기라는 독특하고도 매력적인 성격을 겸비하고 있었다. 그녀가 하는 모든 행동과 말, 그녀의 모든 동작에는 부드러움과 섬세함이 배어 있었고, 이는 그녀 특유의 장난기로 인해 더욱 빛을 발했다. 표정이 풍부한 그녀의 얼굴에는 조롱하는 눈빛과 사려 깊은 표정, 또는 격정에 찬 모습이 거의 동시에 나타나곤 했다. 서로 상반되는 이런 감정은 바람이 많이 부는 화창한 날에 하늘을 흘러가는 구름처럼 가볍고 빠르게 그녀의 눈가와 입가를 맴돌았다.

그녀에게 있어 각각의 구애자는 다 필요한 존재였다. 그녀는 가끔 벨로브조로프를 '나의 야수' 또는 간단히 '내 사람'이라고 불렀는데, 그는 그녀를 위해서라면 불 속이라도 기꺼이 뛰어들 사람이었다. 지성이나 다른 방면으로 이렇다 할 장점이 없었던 그는 틈만 나면 그녀에게 청혼을 하면서 다른 사람들은 단지 말뿐이라고 은근히 이르고 다녔다. 마이다노프는 그녀의 시적인 영혼에 호소했다. 문학을 한다는 사람이 으레 그렇듯이 꽤 차가운 성격의 그는 그녀에게, 그리고 아마 스스로에게도 그녀를 사랑한다는 확신을 주려 노력했다. 그녀를 위해 시를 쓰고, 어딘가 어색해 보이면서도 진심 어린 열정으로 그녀 앞에서 낭독했다. 그녀는 한편으로는 그를 이해하면서 다른 한편으로는 그를 놀렸는데, 그의 마음을 전적으로 믿지 않았기 때문이다. 마이다노프가 열정적으로 낭독하는 시를 실컷 들은 후

그녀는, 그녀의 말로 '환기를 위해' 푸슈킨의 작품을 읽도록 시켰다. 빈정대는 것을 즐기는 냉소적인 성격의 의사 루신은 누구보다 그녀를 잘 알았으며 누구보다 그녀를 사랑했지만 그녀에게 직접, 또는 그녀가 없는 자리에서 그녀를 욕하기도 했다. 지나이다는 그를 존중했지만 그렇다고 그가 멋대로 굴도록 내버려두지는 않았으며, 자신이 여전히 그를 조종할 수 있다는 것을 보여주면서 가학적인 희열을 느끼는 듯했다.

「나는 바람둥이예요. 애정 같은 것도 없죠. 천성이 배우거든요.」

언젠가 그녀가 그에게 말하는 것을 들었다.

「좋아요! 그럼, 손을 주세요. 내가 바늘로 찌르면 의사 선생님은 이 젊은 사람 앞에서 수치심을 느끼겠죠. 아플 거예요. 하지만 입바른 소리 잘하는 의사 선생님, 그래도 당신은 아마 웃으실 거예요!」

얼굴이 달아오른 루신은 돌아서서 입술을 깨물었지만 결국 손을 내밀었다. 그녀는 그의 손을 바늘로 찔렀고 그는 정말로 웃었다. 그녀 역시 웃으면서 바늘을 꽤 깊숙이 쑤셔 넣고는 고통에 못

이겨 시선을 고정시키지 못하는 그의 눈을 정면으로 응시
했다.

　내게 있어서는 지나이다와 말레프스키
백작의 관계가 가장 이해하기 어려웠다.
그는 준수하고 능력 있고 똑똑한 사람이
었지만 뭔가 의심스럽고 가식적인 모습
이 있었다. 불과 열여섯 소년인 내 눈에도 보이는 그것을
지나이다가 알아채지 못한다는 사실이 놀라웠다. 아니, 어
쩌면 이러한 가식을 알아차렸지만 개의치 않았던 것인지
도 모른다. 교육도 제대로 받지 못하고, 이상한 사람들과
어울리고, 특이한 생활 습관에, 어머니가 항상 주변을 맴
돌고, 집안은 빈곤하고 지저분하다는 사실, 그리고 그 외
모든 상황, 즉 젊은 처녀인 그녀가 누리는 자유에서부터
자신이 다른 사람보다 뛰어나다는 자의식까지, 이 모든 상
황이 그녀에게 다소 도도한 무심함과 거침없는 성격을 심
어주었을 것이다. 무슨 일이 생기건, 보니파치가 와서 설
탕이 다 떨어졌다고 전하건, 저질스런 소문을 듣건, 손님
들이 언쟁을 벌이건 그녀는 단지 그녀의 곱슬머리를 흔들
며 이렇게 외칠 뿐이었다.

　「바보 같은 소리!」

그걸로 끝이었다.

나에 대해 얘기하자면 말레프스키 백작이 그녀에게 다가갈 때마다, 교활한 여우처럼 살금살금 접근할 때마다, 그녀의 의자 등에 우아하게 기댈 때마다, 자신만만한 유혹의 미소를 지으며 그녀의 귀에 속삭일 때마다 피가 끓었다. 그럴 때면 지나이다는 팔짱을 끼고 그를 응시하며 미소 짓고 고개를 끄덕였다.

「말레프스키 씨는 왜 자꾸 오도록 놔두는 거죠?」

언젠가 내가 물었다.

「콧수염이 아주 멋있잖아요.」

그녀가 말했다.

「그리고 그건 당신이 상관할 바가 아니에요.」

또 언젠가 그녀는 말했다.

「내가 그를 사랑한다고 생각하는 건 아니겠죠? 결코 그렇지 않아요. 나는 내가 존경하지 않는 사람은 사랑할 수 없어요. 나를 지배할 사람이 필요해요. 그런데 그런 사람은 절대 없을 거예요! 나는 그 누구에게도 내 마음을 빼앗기지 않을 거예요. 절대, 절대 그런 일은 없을 거예요!」

「아무도 사랑하지 않을 거란 말인가요?」

「당신은 어떤 것 같아요? 내가 당신을 사랑하지 않는다고 생각하나요?」

그녀는 이렇게 물으며 장갑으로 내 코를 쳤다.

정말이지 지나이다는 나를 많이 놀렸다. 3주 내내 그녀를 만나는 동안 그녀가 나에게 했던 온갖 짓궂은 장난이란! 지나이다가 우리 집에 오는 일은 거의 없었지만 나는 아쉽지 않았다. 우리 집에 오면 그녀는 숙녀, 즉 젊은 공작 아가씨가 되었으며 나는 그러한 그녀가 어색했다. 게다가 나는 어머니에게 들킬까 봐 겁났다. 어머니는 지나이다를 매우 못마땅하게 여겼으며 우리가 같이 있는 모습을 보면 영 달갑지 않은 표정으로 지켜보곤 했다. 반면에 아버지에게 들키지 않을까 걱정할 필요는 없었는데, 아버지에게 나는 안중에도 없었고, 아버지가 지나이다와 말을 하는 경우도 드물었기 때문이다. 하지만 아버지가 지나이다에게 하는 말은 매우 적절하고 의미 있는 것이었다. 나는 공부나 독서를 그만두었다. 심지어 산책이나 승마에도 흥미를 잃었다. 마치 다리가 묶인 딱정벌레처럼 사랑스러운 별채를 끊임없이 맴돌았고, 할 수만 있다면 그곳을 영원히 떠나고 싶지 않았다. 하지만 어머니가 역정을 내고 지나이다 자신도 가끔 나를 밀어냈기 때문에 이는 불가능했다. 그럴 때면 나는 방에 처박혀 있거나 정원 끝에 있는 석조 온실의 무너진 한쪽 벽에 올라가 몇 시간씩 앉아
있곤 했다. 나는 눈을 뜨고 있으면서도 아
무것도 보지 못하고 길로 향하는 벽 끝에
다리를 걸쳐놓은 채 멍청히 앉아 있었다.
내 옆으로는 먼지가 수북이 쌓인 쐐기풀
위에서 하얀 나비가 맥없이 파닥거렸다.

멀지 않은 곳에 떨어진 두 동강 난 붉은 벽돌 위에는 참새
가 앉아 신경에 거슬릴 정도로 시끄럽게 짹짹거리며 끊임
없이 몸을 뒤틀고 꼬리를 폈다 접기를 반복했다. 아직도
나를 기억하는 까마귀들은 높디높은 자작나무 꼭대기에
숨어 간혹 까옥까옥 울어댔다. 듬성듬성한 나뭇가지 사이
로 햇살이 비치고 바람이 스쳐 지나갔다. 근처 돈스코이
수도원의 슬프고도 평화로운 종소리가 이따금씩 들려오곤
했다. 나는 그 자리에 멍하니 앉아 주변의 소리에 귀를 기
울이며 알지 못할 기분에 사로잡혀 만감이 교차하는 것을
느꼈다. 슬픔과 기쁨, 미래에 대한 예감, 삶에 대한 욕망과
두려움. 하지만 당시 나는 이러한 감정을 전혀 이해하지
못했기 때문에 내 마음속에서 무슨 일이 일어나고 있는지
설명조차 할 수 없었고, 만약 설명을 할 수 있었다 하더라
도 단 한 마디로 했을 것이다. 지나이다라고.

지나이다는 숨바꼭질하듯 나에게 장난을 쳤다. 그녀의 유혹에 내 가슴은 들뜨고 녹아내리는가 하면, 그녀가 갑자기 나를 밀어낼 때면 나는 접근은커녕 그녀를 쳐다보지도 못했다.

한번은 며칠 동안 그녀가 내게 아주 차갑게 대했다. 나는 너무나 낙심하여 잔뜩 겁을 먹고 그들의 별채를 방문해서도 공작 부인 주위만 맴돌았다. 당시 공작 부인이 돈 문제가 잘 풀리지 않아 경찰서에 두 번이나 다녀온 이유로 무척 화가 나, 계속 시끄럽게 불평불만을 늘어놓았음에도 불구하고 말이다.

또 한번은 우리 정원에서 예의 그 담 옆을 걸어가는데 지나이다가 보였다. 그녀는 잔디밭에 양팔을 뒤로 기댄 채 앉아 꼼짝도 하지 않고 있었다. 나는 조용히 돌아가려 했으나 그녀가 갑자기 고개를 들더니 거부할 수 없는 손짓으로 나를 불렀다. 나는 그게 무슨 뜻인지 몰라 그 자리에 그냥 서 있었다. 그러자 그녀는 다시 한 번 손짓했다. 나는 곧바로 담을 뛰어넘어 기쁜 마음으로 그녀에게 달려갔다. 그러나 그녀는 눈짓으로 나를 세우고는 그녀로부터 두어 걸음 떨어진 곳을 가리켰다. 나는 어찌할 바를 모르고 그녀 앞에 무릎을 꿇었다. 그녀는 백지장처럼 창백했다. 너

무나 쓰라린 아픔과 끝없는 절망이 그녀의 얼굴 구석구석
에 배어 있어 이를 보는 순간 나는 가슴이 무너져 내리는
것 같았다. 나는 속삭이듯 물었다.

「무슨 일이죠?」

지나이다는 손을 뻗어 풀 한 포기를 뽑아 한 번 깨물고
는 던져버렸다.

「날 많이 사랑하죠?」

한참 후 그녀가 물었다.

「그렇죠?」

나는 대답하지 않았다. 그것은 대답할 필요조차 없는 것
이었다.

「그렇죠?」

그녀는 다시 물으면서 나를 쳐다봤다.

「그래, 바로 이 눈매야.」

이렇게 말하면서 그녀는 생각에 잠기더니 양손으로 얼
굴을 감쌌다.

「모든 것이 끔찍해.」

그녀가 속삭였다.

「이 세상 끝으로 도망가고 싶어. 난 도저히 견딜 수가 없
어. 제대로 할 수가 없어……. 얼마나 끔찍해질까! 너무 비

참해……. 너무 비참하다고!」

「왜 그러는 건가요?」

나는 조심스레 물었다.

지나이다는 대답하지 않고 단지 어깨만 들썩했다. 나는 계속 무릎 꿇고 앉아 깊은 절망감에 빠져 그녀를 바라보았다. 그녀의 말 한 마디 한 마디가 내 가슴에 새겨졌다. 바로 그 순간, 단지 그녀의 슬픔을 멈출 수만 있다면 나는 기꺼이 내 목숨을 바쳤을 것이다. 나는 그녀를 바라보았다. 그녀가 괴로워하는 이유를 알지는 못했지만, 그녀가 슬픔을 참지 못해 갑자기 정원으로 뛰쳐나가 마치 낫에 베인 듯 쓰러지는 모습이 머릿속에 또렷이 그려졌다. 주위는 밝고 신록으로 가득했다. 바람이 나뭇잎을 바스락거리고 스치면서 지나이다 머리 위의 딸기나무 가지를 간간이 흔들었다. 어디선가 비둘기가 구구거리고 벌이 윙윙거리면서 듬성듬성한 잔디 사이를 날아다녔다. 하늘은 머리 위에서 따뜻한 푸른색을 띠었다. 하지만 나는 슬픔에 잠겨 있었다.

「시를 좀 읽어줘요.」

지나이다가 작은 소리로 말하면서 한쪽 팔꿈치에 몸을 기댔다.

「당신이 시를 낭송하면 듣기 좋아요. 노래 부르듯 낭송하지만 상관없어요. 아직 어려서 그런 것이니. 〈그루지야의 언덕〉[3]을 읽어줘요.」

나는 자리에 앉아 〈그루지야의 언덕〉이라는 시를 낭송했다.

「나의 가슴은 사랑하지 않을 수 없으니.」

지나이다가 되풀이했다.

「이래서 시는 아름다워요. 이 세상에 존재하지 않는 것을 설명하고, 존재하는 것보다 더 고귀한, 어찌 보면 진리에 가까운 것에 대해 말하잖아요. 나의 가슴은 사랑하지 않을 수 없으니……. 그래, 사랑하고 싶지 않지만 그럴 수 없는 거야!」

그녀는 다시 입을 다물더니 몸을 부르르 떨고 일어섰다.

「우리 집으로 가요. 마이다노프가 엄마와 함께 있어요. 새로 쓴 시를 가져왔는데 그를 버려두고 왔지 뭐예요. 매우 화가 났겠지만 어쩔 수 없어요! 당신도 언젠가 다 알게 되겠죠. 그때 가서 나한테 화내면 안 돼요!」

지나이다는 황급히 내 손을 꼭 쥐고는 앞서서 달려갔다.

---

3) 푸슈킨의 1829년작. 「그루지야의 언덕 위에 밤의 음울함이 드리우고」로 시작된다.

우리는 별채로 갔다. 마이다노프가 최근 발간된 그의 시 〈살인자〉를 낭송했지만 내 귀에는 들어오지 않았다. 그는 한껏 목청을 뽑아 그의 기나긴 사운각(四韻脚) 장단조의 시를 소리치듯 읽어나갔다. 각운(脚韻)이 교차하면서 그의 목소리는 눈썰매에 달린 종처럼 아무 의미 없이 시끄럽게 울렸다. 그러나 나는 줄곧 지나이다만 쳐다보면서 그녀의 마지막 말이 무슨 뜻일까 생각했다.

혹시 눈에 보이지 않는 연적이
  결국 그대의 마음을 사로잡은 것인가?

마이다노프가 갑자기 콧소리로 낭독했다. 바로 그 순간 나는 지나이다와 눈이 마주쳤다. 지나이다는 눈을 내리깔며 얼굴을 약간 붉혔다. 그녀의 얼굴이 붉어지는 것을 본 나는 놀란 나머지 몸이 얼어붙었다. 그녀로 인해 질투를 느낀 지는 오래됐지만 바로 그 순간에야 그녀가 사랑에 빠졌다는 생각이 머리를 스친 것이다.

'맙소사, 그녀가 사랑에 빠진 거야!'

# 10

**나**의 진정한 고통은 그 순간부터 시작
됐다. 나는 머리를 쥐어짜면서 끊임없이 같은 생각을 반복
했다. 그리고 들키지 않도록 노력하면서 지나이다를 유심
히 관찰했다. 지나이다가 변한 것은 분명했다. 혼자 산책
을 나가서는 한참이나 돌아오지 않았다. 어떨 때는 손님이
왔는데도 나타나지 않고 방에 몇 시간이고 앉아 있었다.
전에는 한 번도 이런 적이 없었다. 내게는 갑자기 비상한
관찰력이 생겼다.(적어도 나는 그렇게 생각했다.)

'혹시 그 사람인가, 아니면 다른 사람인가?

나는 그녀를 사모하는 남자들을 머릿속으로 하나하나
떠올리면서 스스로에게 물었다. 말레프스키 백작이 다른

사람들에 비해 주의해야 할 인물 같아 보였다.(사실 이런 생각을 하면서 지나이다에게 부끄러운 생각이 들기도 했다.)

그러나 내 관찰력이란 것도 주위 사람을 벗어나지는 못했으며 들키지 않으려는 노력도 허사였다. 적어도 루신 박사는 곧 눈치 챘다. 하기는 그도 근래 들어 사람이 변했다. 눈에 띄게 야위었고, 잘 웃는 버릇은 예전과 같았지만 웃음소리는 왠지 허전하고 악의에 찬 듯했으며 짧아졌다. 그의 자연스러운 냉소와 일부러 꾸민 듯한 야유 대신 신경질적인 불안함이 자리 잡았다.

「자네는 왜 계속 이 집을 들락거리는 거지, 젊은 친구?」

언젠가 자세킨네 응접실에 단둘이 남았을 때 그가 물은 적이 있다.(지나이다는 산책에서 돌아오지 않았고, 공작 부인은 위층에서 하인을 크게 꾸짖고 있었다.)

「공부를 하고 독서를 해야지. 그런 것도 다 젊을 때 해야 하지 않겠나? 도대체 자네는 뭘 하는 건가?」

「내가 집에서 공부를 하는지 안 하는지 당신이 어떻게 압니까?」

나는 약간 건방지게 대답했지만 내심 어리둥절했다.

「공부를 할 수가 없겠지! 마음이 딴 데 가 있으니. 뭐, 자네를 다그칠 생각은 없네. 자네 나이에는 그러는 게 오히려 당연하니까. 하지만 대상이 아주 적절치 못해. 이 집이 어떤 집인지 모르겠나?」

「무슨 말씀이신가요?」

내가 물었다.

「무슨 얘기냐고? 딱하기도 하군. 내 의무감에 한마디 하겠네. 나처럼 나이 든 독신자는 여기에 와도 되지. 우리한테 무슨 일이 있겠나? 우리는 이미 무감각해져서 아무런 상관이 없어. 하지만 자네같이 젊은 사람은 아직 예민한데다 이곳의 분위기는 자네에게 좋은 환경이 아니네. 내 말을 잘 들어. 전염될 수 있다고.」

「그건 또 무슨 뜻이죠?」

「말한 그대로야. 지금 자네의 마음이 건강하다고 생각하나? 정상이라고 생각해? 지금 자네의 감정이 자네에게 도움이 되거나, 바람직하다고 생각하냐고?」

「내 감정이 도대체 뭔데요?」

이렇게 물었지만 내 마음 한쪽에선 이미 루신 박사의 진단이 옳다는 사실을 인정하고 있었다.

「아, 젊은이, 젊은이.」

루신 박사는 말을 이어갔는데 그의 표정을 보니 젊은이라는 호칭이 왠지 나를 욕하는 것 같았다.

「아닌 척하지 말게나. 자네 마음이 얼굴에 그대로 나타나니까! 하기야 이런 얘길 해봐야 무슨 소용이 있겠나? 나도 여기 오지 않았을 것이네. 만약(루신 박사는 이를 악물었다) 내가 이렇게 미치지만 않았어도 말이야. 나는 단지 자네같이 똑똑한 친구가 지금 상황을 눈치 채지 못한다는 사실이 놀라울 뿐이야.」

「지금 상황이라뇨?」

나는 신경이 날카롭게 곤두서는 것을 느끼며 물었다.

루신 박사는 내가 딱하다는 듯 쳐다봤다.

「나도 좋은 사람은 아니지.」

그는 마치 혼자 중얼거리듯 말했다.

「그러나 이 말은 해줘야겠어. 한마디로 말하자면.」

그는 목소리를 높였다.

「이곳의 분위기는 자네에게 어울리지 않는다는 얘기야. 자네는 이 분위기를 좋아할지 모르지만 그게 무슨 의미가 있겠는가? 온실에서 아무리 좋은 냄새가 난다 해도 거기서 살 수는 없어. 그냥 내 말을 듣게. 다시 카이다노프의 책이나 읽으라고!」

공작 부인이 들어와 루신에게 이가 아프다며 죽는소리를 늘어놓았다. 곧이어 지나이다가 들어왔다.

「저런 저런.」

공작 부인이 말했다.

「의사 선생님, 따끔하게 혼 좀 내주세요. 지나이다는 종일 얼음물을 마신다고요. 가슴도 약한데 그래도 되겠어요?」

「왜 그러시는 거죠?」

루신 박사가 물었다.

「그러면 안 되나요?」

「그러면 안 되냐고요? 감기에 걸려 죽을 수도 있어요.」

「그래요? 정말인가요? 그럼 그것도 한 방법이겠네요!」

「그렇겠군요.」

루신 박사가 퉁명하게 응수했다.

공작 부인은 방에서 나가버렸다.

「그렇겠군요.」

지나이다가 따라했다.

「인생이 그리 아름다운가요? 주위를 둘러보세요. 그렇게 좋아 보이나요? 아니면 내가 아무것도 모르고 아무것도 느끼지 못하는 사람이라 이렇게 생각하는 건가요? 나는 얼음물이 좋아요. 당신은 진정 인생이 순간의 즐거움도 포기해가면서 지켜야 할 만한 가치가 있는 것이라고 내게

말할 수 있나요? 난 행복 따위는 바라지도 않아요.」

「아, 그래요.」

루신 박사가 말했다.

「변덕과 자립심. 바로 이 두 마디가 당신을 설명하는군요. 당신의 존재 자체가 바로 이 두 마디에 담겨 있어요.」

지나이다는 불안하게 웃었다.

「진단이 영 틀리네요, 의사 선생님. 그동안 눈을 감고 계셨나 봐요. 뒤쳐지신 것 같은데 안경이라도 쓰셔야겠어요. 이제 장난은 그만하죠. 당신을 조롱하고 나 자신을 조롱하는 짓은 그만두겠어요. 자립심이라……. 무슈 볼데마르.」

지나이다는 갑자기 덧붙이더니 발을 쾅 굴렀다.

「그렇게 슬픈 표정은 짓지 마세요! 남들이 나를 동정하는 건 참을 수 없어요.」

그녀는 방에서 뛰쳐나갔다.

「이곳 분위기는 안 좋아. 아주 안 좋다고, 젊은이.」

루신 박사가 다시 한 번 말했다.

11

그날 저녁 자세킨의 집에는 항상 오는 손님들이 어김없이 모여들었고 나 역시 마찬가지였다. 마이다노프의 시로 얘기가 모아졌다. 지나이다는 이를 극찬했다.

「그런데 있잖아요.」

그녀가 말했다.

「내가 시인이라면 좀 색다른 주제를 선택하겠어요. 어쩌면 쓸데없는 생각일 수도 있지만 내겐 종종 이상한 생각이 떠오르곤 해요. 특히 잠이 오지 않는 새벽에 하늘이 장밋빛과 회색빛을 띨 때. 예를 들면…… 웃지 않으실 거죠?」

「물론이에요, 물론!」

우리 모두 이구동성으로 외쳤다.

「나는 이런 상상을 해요.」

그녀는 말을 이으면서 가슴 위로 두 손을 모으고 한쪽을 뚫어지게 쳐다봤다.

「밤에 젊은 여자들이 고요한 강에 떠 있는 큰 배에 모여 있는 거예요. 달빛이 환히 내리비치는데 모두 흰옷을 입고 머리에 하얀 화환을 쓰고 노래를 하는 거죠. 왜 있잖아요, 찬송가 같은 거.」

「네, 알아요. 계속하세요.」

마이다노프가 꿈꾸는 듯한 목소리로 말했다.

「그런데 갑자기 소란스러워지면서 커다란 웃음소리, 횃불이 타는 소리, 탬버린을 흔드는 소리가 강둑에서 들리는 거예요. 바쿠스의 여종들이 이리저리 뛰어다니면서 노래하고 소리를 지르는 거죠. 물론 자세한 부분은 당신이 묘사해야겠지만, 시인 선생님. 다른 건 몰라도 횃불은 붉게 타오르고 연기가 많이 나야 해요. 바쿠스의 여종들 눈빛은 화환 밑에서 초롱초롱 빛나야 하고요. 화환은 짙은 색이어야 해요. 호랑이 가죽이나 술잔, 그리고 엄청나게 많은 황금도 잊어서는 안 돼요.」

95

「금은 어디에 필요한 거죠?」

마이다노프가 그의 긴 생머리를 뒤로 젖히고 코를 벌름거리면서 물었다.

「어디냐고요? 어깨, 팔, 다리, 모두 다요. 옛날에는 여자들이 발목에 금으로 만든 장신구를 했다고 하죠. 바쿠스의 여종들은 배에 있는 여자들을 불러요. 여자들은 찬송가를 멈추죠. 노래를 계속할 수 없기 때문이에요. 이들은 꼼짝할 수가 없어요. 물결에 따라 배가 저절로 강둑을 향해 나아가고 있거든요. 그러다 갑자기 그중 한 명이 일어나는 거예요. 이 장면을 잘 설명해야 해요. 그녀가 달빛을 받으며 침착하게 일어나는 모습, 다른 여자들이 겁에 질린 모습…… 그녀가 배에서 내리자 바쿠스의 여종들이 그녀를 에워싸고 밤의 어둠 속으로 사라져요……. 이제 연기만 뭉게뭉게 피어오르고 사방은 뒤죽박죽이에요. 그들의 환성만이 들리고 그녀의 화환이 외로이 강둑에 떨어져 있죠.」

지나이다는 말을 멈췄다.('정말 사랑에 빠진 게 틀림없구나!' 나는 다시 한 번 생각했다.)

「그게 전부예요?」

마이다노프가 물었다.

「네, 이게 다예요.」

그녀가 대답했다.

「그 주제로 서사시 한 편을 쓰기는 어렵겠군요.」

그가 진지하게 말했다.

「하지만 서정시로 그 아이디어를 살려보겠어요.」

「낭만적인 분위기로 쓰시겠군요?」

말레프스키가 물었다.

「물론이죠, 낭만적이고 바이런적인 것으로요.」

「내 생각엔 위고가 바이런보다 뛰어난 것 같습니다.」

백작이 대수롭지 않게 말했다.

「흥미도 더 있죠.」

「위고는 일류 작가입니다.」

마이다노프가 말했다.

「그리고 내 친구인 튼코세예프도 스페인 소설 〈엘트로바도르〉에 쓰기를…….」

「혹시 그거 물음표가 거꾸로 찍힌 책인가요?」

지나이다가 끼어들었다.

「그렇습니다. 스페인에서는 원래 그렇게 쓰죠. 내가 하려던 말은 튼코세예프가…….」

「이런, 또 낭만주의와 고전주의에 대해 논쟁을 하려는 거군요.」

지나이다가 다시 한 번 말을 끊었다.

「우리, 놀이를 해요.」

「벌칙 놀이 말이오?」

루신 박사가 거들었다.

「아뇨, 벌칙 놀이는 재미없어요. 비유 놀이를 해요.」(지나이다 자신이 발명한 놀이였다. 어떤 사물을 말하면 모두가 이를 다른 무엇에 비유하고, 가장 그럴듯한 비유를 한 사람이 이기는 것이다.)

지나이다는 창가로 갔다. 해가 막 저물어 붉게 물든 구름이 꼬리를 길게 드리우며 하늘 높이 흘러가고 있었다.

「저 구름이 무엇을 닮았나요?」

지나이다는 묻더니 다른 사람이 대답할 틈도 없이 말했다.

「내가 보기엔 클레오파트라가 안토니우스를 만나러 갈 때 탔던 황금선에 달린 보라색 돛 같아요. 기억하세요, 마이다노프? 얼마 전에 내게 얘기해주셨잖아요.」

우리는 모두 〈햄릿〉의 폴로니우스처럼, 저 구름은 바로 그 돛과 같다고 맞장구를 치고 어느 누구도 그보다 나은 비유 대상은 찾을 수 없을 거라고 말했다.

「안토니우스가 그때 몇 살이었죠?」

지나이다가 물었다.

「아마 젊었을 겁니다.」

말레프스키가 말했다.

「맞아요, 젊었어요.」

마이다노프가 자신 있게 말했다.

「미안하지만.」

루신 박사가 외쳤다.

「사십 세가 넘었었소.」

「사십이 넘었었다고요?」

지나이다는 이렇게 말하면서 그를 흘끗 쳐다봤다.

나는 곧 집으로 돌아왔다.

「그녀가 사랑에 빠졌어.」

그리고 참지 못하고 속삭이듯 되뇌었다.

「하지만 상대가 누구지?」

**며**칠이 지났다. 지나이다는 점점 이상해

지고 더 이해할 수 없게 변해갔다. 한번은 내가 그녀 방에

들어가 보니 그녀는 밀짚으로 만든 의자에 앉아 머리를 탁

자의 뾰족한 모서리에 대고 있었다. 그녀가 몸을 폈다. 온

얼굴이 눈물로 범벅이 되어 있었다.

「아, 당신이군요!」

그녀는 싸늘한 웃음을 지으며 말했다.

「이쪽으로 와요!」

나는 그녀에게 다가갔다. 그녀는 손을 내 머리에 얹더니

갑자기 내 머리카락을 움켜쥐고 비틀기 시작했다.

「아파요.」

나는 참다 못해 말했다.

「그래요, 아프겠죠! 나도 아플 것 같지 않아요? 그렇게 생각하지 않아요?」

그녀가 계속 말했다.

「어머!」

그리고 갑자기 외쳤다. 내 머리카락이 한 움큼이나 뽑힌 것이다.

「내가 이런 짓을 하다니! 불쌍한 무슈 볼데마르!」

그녀는 뽑힌 머리카락을 천천히 펴서는 자신의 손가락에 돌돌 말아 작은 반지를 만들었다.

「당신의 머리카락을 목걸이에 넣어 걸고 다닐게요.」

그렇게 말하는 그녀의 눈에 눈물이 글썽였다.

「그러면 마음이 좀 풀어지겠죠. 그럼 안녕.」

집으로 돌아와 보니 분위기가 좋지 않았다. 어머니가 아버지에게 한바탕 퍼붓고 있었다. 어머니는 무엇인가에 대해 아버지에게 화를 내고 있었고, 아버지는 언제나 그렇듯이 냉정하고 예의 바르게 침묵을 지키고 있었다. 그러고는 곧 나갔다. 나는 어머니의 말을 듣지 못했고 듣고 싶은 생각도 없었다. 단지 기억하는 것은 언쟁이 끝나자 어머니가 나

를 방으로 불러 공작 부인 집에 자주 찾아가는 것에 대해 매우 못마땅하다는 듯이 나무랐던 것이다. 어머니의 말에 의하면 공작 부인은 '무슨 짓이든 할 수 있는 여자'였다. 나는 어머니의 손에 입맞춤을 하고(대화를 마치고 싶으면 항상 써먹는 버릇이었다) 내 방으로 왔다. 나는 지나이다의 눈물에 충격을 받은 상태였다. 나는 그 이유를 알 수 없었으며 나도 곧 눈물이 쏟아질 것만 같았다. 열여섯의 나이에도 불구하고 나는 아직 어린애에 지나지 않았던 것이다. 나는 말레프스키 백작에 대해 이제 의심을 거두었지만 벨로브조로프는 날이 갈수록 더 위협적으로, 양을 잡아먹으려는 늑대처럼, 이 교활한 백작을 노려보았다. 하지만 나는 그 무엇도 그 누구도 생각하지 않았다. 나는 이런저런 추측을 하는 데 온 정신이 팔려 아무도 없는 곳만 찾아다녔다. 무너진 온실 벽이 특히 좋았다. 그 높은 벽에 올라앉아 한참을 꼼짝 않고 앉아 있곤 했는데, 그럴 때는 한없이 불행하고 고독하고 우울한 청년 같은 내 모습에 나 스스로 동정을 느꼈다. 나는 이런 비참한 기분에서 희열을 느끼기도 했다!

한번은 벽 위에 앉아 먼 곳을 바라보며 종소리를 듣던 중 갑자기 무엇인가 지나가는 것을 느꼈다. 이는 솔바람이

나 공기의 떨림이 아닌 부드럽기 그지없는 숨결, 누군가의 존재를 알리는 아주 작은 인기척이었다. 나는 내려다봤다. 회색 여름 드레스에 분홍 양산을 어깨에 걸친 지나이다가 급히 걸어가고 있었다. 그녀는 나를 발견하고는 걸음을 멈추더니 밀짚모자 챙을 뒤로 젖히고 벨벳처럼 부드러운 눈빛으로 나를 올려다보았다.

「거기서 뭐 하는 거예요? 그렇게 높은 곳에서?」

그녀는 야릇한 미소를 띠고 내게 물었다.

「이봐요.」

그녀가 말을 이었다.

「항상 나를 사랑한다고 말했죠. 정말 나를 사랑한다면 뛰어내려 봐요.」

지나이다의 말이 끝나기 무섭게 나는 뒤에서 누가 밀기라도 한 것처럼 허공을 가로질렀다. 그 벽의 높이는 약 4미터였다. 바닥에 닿을 때 나는 발을 디뎠지만 떨어지는 충격이 너무 컸기 때문에 중심을 잡지 못하고 쓰러져 순간적으로 정신을 잃었다. 잠시 후 정신을 차렸을 때 나는 눈을 뜨지 않고서도 지나이다가 가까이 있는 것을 느낄 수 있었다.

「귀여운 나의 소년.」

내 위로 몸을 굽히며 말하는 그녀의 목소리에는 근심 어린 애틋함이 배어 있었다.

「어떻게 그런 일을 할 수 있죠? 왜 내 말을 들은 거예요! 나도 당신을 사랑하는 걸 알잖아요. 일어나요!」

그녀의 가슴이 바로 내 옆에서 오르내리고 그녀의 손이 내 머리를 만지고 있었다. 그런데 갑자기, 아, 그때의 느낌이란! 그녀는 부드럽고 촉촉한 입술로 내 얼굴에 입맞춤을 했다. 그녀의 입술이 내 입술에 닿았다. 하지만 내가 아직 눈을 감고 있는데도 지나이다는 내 표정에서 내가 정신을 차린 것을 눈치 채고는 황급히 일어나며 말했다.

「어서 일어나요. 짓궂기는. 이런 장난이나 하고! 그렇게 계속 흙바닥에 누워 있으면 어떡해요?」

나는 일어섰다.

「내 양산을 집어줘요.」

지나이다가 말했다.

「어쩜 여기다 양산을 던져버렸을까! 날 그렇게 쳐다보지 말아요. 그런 바보 같은 짓을 하다니! 다치지는 않았죠? 쐐기풀에 찔리지는 않았나요? 얘기했잖아요, 날 그렇게 쳐다보지 말라고. 아, 아무것도 이해를 못 하는군. 대답이 없어.」

그녀는 중얼거리듯 말했다.

「집에 가세요, 무슈 볼데마르. 가서 씻으세요. 절 따라올 생각은 하지 말고요. 만약 따라오면 화낼 거예요. 그리고 다시는…….」

그녀는 말을 다 끝내지도 않고 서둘러 가던 길로 가버렸다. 나는 다리에 힘이 풀려 길가에 다시 주저앉았다. 쐐기풀에 손을 찔렸고 등이 욱신거렸으며 머리가 어질어질했지만, 그 순간 내가 경험한 순수한 행복감을 그 후로 다시는 느끼지 못했다. 내 전신으로 달콤한 통증이 흐르는 것 같았고, 나는 너무 기쁜 나머지 펄쩍펄쩍 뛰면서 환호성을 질러댔다. 정녕 나는 어린애였던 것이다!

그날 나는 하루 종일 기쁘고 자랑스러운 마음을 억누를 수 없었다. 내 얼굴은 지나이다가 입맞춤한 느낌을 생생히 간직하고 있었으며 그녀의 말 한 마디 한 마디를 기억하는 몸은 흥분으로 떨렸다. 이 뜻밖의 행복이 너무나 소중한 나머지 나는 이를 잃을까 두려운 생각마저 들어, 이 새로운 감정의 원천인 그녀를 다시는 보고 싶지 않았다. 인생에서 더 바랄 것이 없었다. 이제 '숨을 가다듬고, 마지막 숨을 들이쉰 후 죽어도 그만이다'라고 생각했다. 그러나 그 다음 날 그들이 사는 별채로 가면서 나는 어떤 태도를 취해야 할지 몰라 매우 당혹스러웠다. 나는 입이 무겁다는 인상을 주기 위해 당혹감을 애써 숨기

고 겉으로는 점잖은 친밀감을 표현하려 했다. 하지만 이는
모두 허사였다. 지나이다는 아주 짧게 인사했으며 너무나
태연했고 단지 손가락을 저으며 상처는 없는지 물었을 뿐
이다. 신중하고 과묵한 인상을 주려던 생각이 순식간에 사
라지면서 정신이 번쩍 들었다. 물론 특별한 것을 기대하지
는 않았으나 지나이다의 태연함에 나는 찬물을 뒤집어쓴
느낌을 받았다. 그녀의 눈에 나는 단지 어린애에 지나지
않았던 것이다. 이는 도저히 참을 수 없는 것이었다! 지나
이다는 시간을 죽이려는 듯 방 안을 이리저리 걸으며 나를
볼 때마다 생긋 웃었지만 그녀의 마음이 딴 곳에 가 있다
는 사실은 너무도 분명했다.

 '어제 일에 대해 얘기를 꺼내볼까?

 나는 생각했다.

 '아니면 어딜 그리 서둘러 갔는지 물어볼까? 그러면 모
든 것이 명백해질 텐데…….'

 하지만 나는 아무런 말도 꺼내지 못한 채 생각을 지워버
리려는 듯 손을 내젓고 구석에 앉았다.

 벨로브조로프가 도착한 것이 나는 무척 반가웠다.

「당신이 타기에 적당한 말을 찾지 못했습니다.」

 그는 딱딱하게 말했다.

「프라이타크가 아주 확실하다고 장담한 말이 한 필 있
기는 하지만 미덥지 않습니다. 아무래도 불안하군요.」

「뭐가 그렇게 불안한데요?」

지나이다가 물었다.

「뭐가 불안하냐고요? 당신은 승마를 못하지 않습니까!
무슨 일이 일어나면 어쩌려고 그래요! 갑자기 왜 그런 엉
뚱한 생각을 하게 된 겁니까?」

「그런 것까지 알 필요는 없어요, 나의 야수님. 정 그렇다
면 표트르 바실레비치 씨께 부탁하죠, 뭐…….」(표트르 바
실례비치는 우리 아버지다. 나는 그녀가 아버지의 이름을 그렇
게 쉽게, 마치 아버지가 그녀를 위해 기꺼이 봉사할 것으로 확신
하는 듯이 언급하는 것에 적잖이 놀랐다.)

「그렇군요.」

벨로브조로프가 말했다.

「그와 함께 승마를 할 건가요?」

「그분과 하든 다른 사람과 하든, 당신이 상관할 바 아니
잖아요. 어쨌든 당신과 함께 가지는 않을 테니 말이에요.」

「저와 함께 가지 않는다고요?」

벨로브조로프가 말했다.

「원하는 대로 하십시오. 알겠습니다, 그럼 말을 구해드

리죠.」

「늙은 소같이 굼뜬 말은 필요 없어요! 빨리 날리고 싶으니까.」

「그러시겠죠……. 그런데 대체 누구와 승마를 간다는 거죠? 혹시 말레프스키입니까?」

「그와 가면 안 되나요, 병사님? 진정하세요.」

그녀가 말했다.

「저를 노려보지 말라고요! 함께 가면 되잖아요. 아시겠지만 저한테 말레프스키는 이제…… 아무것도 아니에요!」

그리고 그녀는 고개를 저었다.

「제가 듣기 좋으라고 하는 소리겠죠.」

벨로브조로프가 불만스러운 듯 말했다.

지나이다가 얼굴을 찌푸렸다.

「그 말이 듣기 좋은가요? 아, 아, 아…… 병사님!」

다른 호칭을 찾을 수 없다는 듯 지나이다는 한참 만에야 그렇게 불렀다.

「당신은요, 무슈 볼데마르? 함께 갈래요?」

「저는…… 사람이 많은 것을 좋아하지 않아요.」

나는 눈을 내리깐 채 중얼거렸다.

「일대일로 만나는 것을 더 좋아하는군요? 그래요, 사람마다 취향은 제각각이니까.」

그녀가 한숨을 쉬며 말했다.

「가세요, 벨로브조로프. 가서 서둘러주세요! 내일까지 꼭 말이 필요해요.」

「돈은 어디서 구하려고?」

공작 부인이 끼어들었다.

지나이다는 눈썹을 찌푸렸다.

「어머니에게 부탁하진 않을 거예요. 벨로브조로프가 믿고 빌려줄 테니까요.」

「믿고 빌려준다고…….」

공작 부인은 중얼거리더니 갑자기 목청을 다해 외쳤다.

「두냐슈카!」

「어머니, 제가 작은 종을 드렸잖아요.」

지나이다가 말했다.

「두냐슈카!」

늙은 공작 부인은 다시 한 번 외쳤다.

벨로브조로프는 고개를 숙여 인사한 뒤 떠났고 나도 그를 따라 나왔다. 지나이다는 나를 붙잡지 않았다.

14

다음 날 나는 아침 일찍 일어나 지팡이를
만들어 마을 밖으로 산책을 나갔다. 걸으면서 슬픔을 달래
볼 생각이었다. 맑은 날이었다. 화창하면서 덥지도 않았
다. 기분 좋은 선선한 바람이 장난스럽게 만물을 흔들며
아무런 불안감 없이 춤추듯 땅 위를 스쳐 지나갔다. 나는
언덕과 숲 속을 한참 동안 헤집고 다녔다. 우울한 기분이
들었고, 이 절망감에 침잠하기 위해 집을 나섰으나 젊음,
화창한 날씨, 맑은 공기, 산책의 즐거움, 무성한 잔디에 누
워 즐기는 고독이 나의 마음을 사로잡아 버렸다. 나는 다
시 잊을 수 없는 지나이다의 말과 입맞춤을 떠올렸다. 결
국 지나이다도 나의 의지와 영웅적 행동을 인정할 수밖에

없었다는 사실을 생각하니 무척 즐거웠다.

'그녀에겐 나보다 다른 사람이 낫겠지.'

나는 생각했다.

'그럴 수도 있어! 하지만 다른 사람들은 모두 말뿐이고 나는 실제로 행동으로 옮긴다고! 그녀를 위해서라면 그 이상도 할 수 있어!'

나는 상상에 빠져들었다. 그녀의 적으로부터 그녀를 구하기 위해 내가 머리끝에서 발끝까지 피투성이가 되어 그녀를 어두운 감옥에서 구출하고 그녀의 발밑에서 죽어가는 상상이었다. 우리 집 거실에 걸린, 말레크아델이 마틸다를 안고 가는 그림[4]이 떠올랐다. 그러다가 자작나무의 가는 몸통을 타고 오르는 형형색색의 커다란 딱따구리에 정신을 빼앗겼다. 딱따구리는 마치 콘트라베이스 손잡이 뒤에서 얼굴을 내미는 연주자처럼 나무 뒤에 숨어 불안한 듯 좌우를 살피고 있었다.

곧이어 〈흰눈이 아닐지라도〉[5]라는 노래를 불렀는데 어

---

4) 이 그림의 주제는 소피 코탱(1773~1807)의 소설 〈마틸드〉에 등장하는 한 장면이다.
5) 〈흰눈이 아닐지라도〉는 러시아의 대중 민요로서 1818년에 처음 발표되었다.
6) 〈산들바람이 불어올 때 그대를 기다리네〉는 P. A. 뱌쳄스키(1792~1878)의 시를 가사로 한다.
7) 예르마크의 연설은 A. S. 호먀코프(1804~60)의 시대극 제5장에 나온다.

느 틈엔가 그것은 당시 유행하던 〈산들바람 불어올 때 그대를 기다리네〉[6]라는 노래로 이어졌다. 그 후에는 호먀코프의 비극에서 예르마크가 별을 보고 한 대사[7]를 큰 소리로 외웠다. 나는 감상적인 시를 쓰려고 마지막 시구도 생각해냈다. 「오, 지나이다, 지나이다여!」 하지만 결국 시를 쓰지는 못했다. 어느덧 저녁 식사 시간이 되었다. 나는 계곡을 따라 굽이치는 좁은 모랫길을 걸어 마을로 내려왔다. 문득 뒤에서 말발굽 소리가 들려왔다. 나는 뒤를 돌아보고는 걸음을 멈추고 모자를 벗었다. 아버지와 지나이다였다. 둘은 함께 말을 타고 있었다. 아버지는 몸을 지나이다 쪽으로 기울이고 말의 목에 한 손을 짚은 채 지나이다에게 말을 건네고 있었다. 아버지는 웃고 있었다. 지나이다는 눈을 내리깔고 입을 꼭 다문 채 듣고 있었다. 처음에는 둘만 보였는데 시간이 지나자 계곡의 굽이 길에서 벨로브조로프가 경기병 제복 위에 모피가 달린 망토를 걸치고, 입에 거품을 문 까만 말을 타고 나타났다. 이 늠름한 말이 머리를 흔들고 힝힝거리며 날뛰자 벨로브조로프는 고삐를 당기기도 하고 박차를 가하기도 했다. 나는 길을 비켰다. 아버지가 고삐를 들어올리고 고개를 앞으로 돌리자 지나이다는 눈을 들어 아버지를 바라보았다. 그리고 이 둘은 달려나 갔다. 벨로브조로프가 칼을 절그럭거리며 둘의 뒤를 황급히 따랐다.

'벨로브조로프는 홍당무처럼 얼굴이 빨갛군.'

나는 생각했다.

'그런데 지나이다는…… 왜 저리 창백하지? 오전 내내 승마를 했을 텐데 얼굴이 저렇게 창백하다니?'

나는 걸음을 빨리 하여 식사 시간 직전에 집에 도착했다. 아버지는 이미 평상복으로 갈아입고 씻은 뒤 어머니 옆에 앉아 맑고 고른 음성으로 평론 잡지의 문예란을 읽어 주고 있었다. 어머니는 그것을 건성으로 듣고 있다가 나를 보더니 온종일 어디 갔었느냐고 물었다. 그러고는 아무하고나 그렇게 어울려 다니는 것은 정말 마음에 들지 않는다고 덧붙였다. 나는 혼자서 산책을 했다고 대답하려 했으나 아버지를 보자 왠지 모르게 입이 열리지 않았다.

그 후 오륙일 동안 나는 지나이다를 거의
보지 못했다. 몸이 아프다고 했다. 그러나 지나이다는 여
전히 자신의 별채에 몰려드는 손님을 막지는 않았다. 마이
다노프만은 예외였는데 그는 감격할 일이 없으면 항상 흥
미를 잃고 지루해하곤 했다. 벨로브조로프는 단추를 목 아
래까지 채우고 얼굴을 붉힌 채 구석에 우울하게 앉아 있
었다. 말레프스키 백작의 섬세한 얼굴에서는 언제나 음흉
한 미소가 떠나지 않았다. 그는 자신이 지나이다의 관심
밖으로 밀려난 것을 알고 이젠 공작 부인에게 잘 보이기
위해 마차를 빌려 모스크바 총독을 함께 방문하기도 했
다. 그러나 그 방문은 결과가 좋지 않았고, 말레프스키 자

신에게도 썩 유쾌하지 않은 일이 되어버렸다. 총독이 일전에 말레프스키와 토목국 관리들 사이에 있었던 불미스런 일에 대해 새삼스레 말을 꺼낸 것이다. 말레프스키는 이를 해명하느라 자신의 경험 부족을 스스로 인정해야 했다. 루신 박사는 하루에 한두 번씩 찾아왔지만 오래 머무르지는 않았다. 나는 지난번의 만남 이후 그와 만나는 게 좀 불편했지만 동시에 진심으로 그에게 끌렸다. 한번은 네스크치누이 공원에서 함께 산책을 했는데, 그는 매우 친절하고 다정하게 각종 약초와 꽃의 이름과 특성을 설명해주었다. 그러다 갑자기, 정말 너무나도 갑작스럽게 이마를 탁 치더니 외쳤다.

「아, 바보 같으니라고. 여태 그녀를 바람둥이라고만 생각하다니! 아마 자신을 희생하여 즐거움을 느끼는 사람도 있는 모양이야.」

「무슨 뜻이죠?」

내가 물었다.

「자네한테는 아무런 뜻도 아니네.」

그는 날카롭게 말했다.

지나이다는 나를 피했다. 내 존재가 그녀로부터 불쾌한 반응을 불러일으키는 것이 분명했다. 그녀는 자동적으로 나를 외면했다. 자동적으로! 이것이야말로 나에게는 견디기 힘든, 너무나도 괴로운 일이었다! 하지만 어찌할 도리가 없었다. 나는 그녀 눈에 띄지 않으려 노력했고, 단지 멀리서 그녀를 지켜보려 했다. 그러나 그것도 마음대로 되지 않았다. 그녀에게 이상한 일이, 예전처럼 알 수 없는 일이 일어나고 있었다. 그녀는 얼굴이 바뀌었고 완전히 다른 사람이 되었다. 고요하고 따뜻한 어느 날 저녁에 일어난 변화를 보고 나는 특히 놀랐다. 나는 넓은 딱총나무 가지가 드리운 낮고 자그마한 벤치에 앉아 있었다. 지나이다의 방 창문이 보이기 때문에 내가 유난히 좋아하는 곳이었다. 내 머리 위 어둑어둑한 나뭇잎 사이로 작은 새 한 마리가 분주하게 날갯짓을 하고 있었다. 회색  고양이가 등을 쭉 편 채 조심스레 정원으로 기어가고 있었고 올 들어 내 눈에 처음 나타난 딱정벌레가, 이미 어두워졌지만 아직 투명한 하늘에서 큰 소리로 파닥거리고 있었다. 나는 그곳에서 창문을 바라보며 이제나저제나 그것이 열리기만을 기다렸다. 과연 창문이 곧 열렸고 지나이다의 모습이 보였다. 그녀는 하얀 드레스를 입고 있었는데 옷뿐 아니라 그녀의 얼굴도, 어깨도, 팔도 모두 백지장처럼 파리했다. 그녀는 그 자리에 꼼짝 않고 한참을 서서 눈살을 찌푸린 채 정면을 응시했다. 나는 여지껏 그녀의 그런 표정을 본 적이 없었다. 그녀는 양손을 꼭 모으더니 입술과 이마로 가져갔다. 그러고는 갑자기 손가락을 펴서 머리카락을 귀 뒤로 넘기고 머리를 흔들더니 무엇인가를 결심한 듯 고개를 끄덕이고는 창문을 탁 하고 닫아버렸다.

삼 일 후 나는 정원에서 그녀와 마주쳤다. 나는 비켜 가려 했으나 그녀가 나를 잡았다.

「손을 줘요.」

그녀는 예전처럼 부드럽게 말했다.

「우리 서로 얘기한 지 오래됐죠.」

그녀의 얼굴을 보았다. 눈빛은 평온했고 마치 안개 같은 아련한 미소가 감돌고 있었다.

「아직도 아프세요?」

내가 물었다.

「아뇨, 이제 다 나았어요.」

그녀는 대답하면서 작고 빨간 장미를 땄다.

「좀 피곤하긴 하지만 곧 괜찮아질 거예요.」

「그러면 다시 예전의 모습을 되찾을 거죠?」

내가 물었다.

지나이다는 장미를 얼굴에 가까이 댔는데 내 눈에는 꽃잎의 밝은 빛이 그녀의 볼에 반사되는 것처럼 보였다.

「내가 변했나요?」

그녀가 물었다.

「예, 변했어요.」

나는 작은 소리로 답했다.

「그동안 내가 너무 차갑게 대한 것 알아요.」

지나이다가 말했다.

「하지만 그런 일에 신경을 쓰면 안 돼요…… 나도 달리 어쩔 수 없었어요. 이런 얘기 해봐야 소용없겠지만.」

「내가 당신을 사랑하는 게 싫은 거죠!」

나는 우울한 목소리로 말했다.

「아니에요, 나를 사랑해주세요. 하지만 예전처럼은 안 돼요.」

「그러면 어떻게요?」

「친구가 되는 거예요. 바로 그거예요!」

지나이다는 내게 장미 향기를 맡게 해주었다.

「봐요, 내가 나이가 훨씬 많잖아요. 아주머니뻘이 될 수도 있는데…… 아니 아주머니보다는 누나가 될 수 있겠군

요. 그런데 당신은…….」

「당신의 눈에는 내가 아직 어린애로 보이겠죠.」

내가 말을 잘랐다.

「네, 그래요, 어린애예요. 하지만 착하고 똑똑한 어린애라서 내가 많이 사랑하죠. 이러면 어때요? 오늘부터 당신은 나의 시동(侍童)이 되는 거예요. 시동은 주인으로부터 한시도 떨어지면 안 된다는 사실을 꼭 명심하세요. 자, 새로운 직위를 부여하는 의식이에요.」

그녀는 장미를 내 재킷 단춧구멍에 꽂으며 말했다.

「나의 총애를 받는다는 증표이기도 하고요.」

「예전에는 이와는 다른 방법으로 총애를 받았었죠.」

내가 말했다.

「이런!」

지나이다는 이렇게 외치며 눈을 흘겼다.

「어쩜 기억력이 좋기도 하지! 좋아요, 그러면 그것도.」

그녀는 내게 몸을 숙여 내 이마에 정갈하고 침착하게 입맞춤을 했다.

나는 단지 그녀를 바라보기만 했고 그녀는 재빨리 몸을 돌리며 이렇게 말했다.

「내 뒤를 따르거라, 시동!」

그러고는 별채로 향했다. 나는 그녀의 뒤를 따라 걸으며 고민에 빠졌다.

'이렇게 부드럽고 현명한 여자가 내가 알던 지나이다란 말인가?'

그녀의 걸음은 전보다 더 얌전해졌고, 자태는 더 우아했으며, 위엄이 깃들어 있었다.

그리고 오, 신이여. 그녀에 대한 나의 사랑은 새로이 불타올랐다!

# 16

저녁 식사 후 손님들이 다시 별채로 모여 들었고 지나이다는 이들을 맞이했다. 내가 결코 잊을 수 없는 그 첫날 저녁에 모였던 사람들이 한 사람도 빠짐없이 모두 모였다. 니르마츠키도 모처럼 찾아왔다. 이번에는 마이다노프가 제일 먼저 도착했는데, 그는 새로 쓴 시를 가지고 왔다. 벌칙 놀이를 또다시 했지만 전과 같은 기이한 사건은 없었고, 전처럼 장난스럽거나 소란스럽지도 않다. 집시적인 요소가 사라진 것이다. 지나이다로 인해 우리 모임에는 새로운 분위기가 만들어졌다. 나는 시동으로서 그녀 옆을 지켰다. 그녀는 놀이 중에 한 가지를 제안했는데, 벌칙에 걸린 사람이 자기가 꾼 꿈에 대해 이야기하는 것이었다. 하지만 결과는 그저 그랬다. 이들이 말한 꿈은 재미가 없거나(벨로브조로프는 꿈에서 말에 잉어를 먹였더니 말 대가리가 나무로 변해버렸다고 했다) 일부러 꾸며낸 듯했다. 마이다노프는 무덤, 수금(竪琴)을 든 천사, 말하는 꽃, 먼 곳에서 아련히 들려오는 소리 등을 들먹이며 기나긴 이야기를 지루하게 이어나갔다. 지나이다가 중간에서 말을 잘랐다.

「이제 이야기를 만들어내기까지 하는 것 같으니.」

그녀가 말했다.

「그러면 아예 처음부터 지어낸 얘기를 하도록 하죠.」

벨로브조로프가 먼저였다. 젊은 경기병은 망설였다.

「아무런 이야기도 생각나지 않습니다!」

그는 버럭 소리를 질렀다.

「바보 같긴!」

지나이다가 쏘아붙였다.

「상상을 해봐요. 예를 들어 당신이 결혼을 했다고 가정하고 부인과의 사이가 어떨지 얘기하는 거예요. 부인을 가두어놓을 건가요?」

「가두어놓을 겁니다.」

「그리고 그 옆에 붙어 있을 건가요?」

「물론 옆에 붙어 있을 겁니다.」

「좋아요. 그런데 만일 부인이 싫증이 나서 당신을 배신한다면?」

「죽여버릴 겁니다.」

「달아나면요?」

「쫓아가서 죽여버릴 겁니다.」

「그렇군요. 그러면 만일 내가 당신의 부인이라면, 어떻게 하겠어요?」

벨로브조로프는 잠시 말이 없었다.

「그러면 나는 자살을 하고 말 겁니다.」

지나이다는 웃음을 터뜨렸다.

「당신의 이야기는 여기서 끝이 나는군요!」

두 번째 벌칙은 지나이다에게 돌아갔다. 그녀는 눈을 천장으로 치켜뜨고는 생각에 잠겼다.

「자, 한번 들어봐요.」

이윽고 말했다.

「내가 생각한 이야기는…… 아주 호화로운 연회장이 있어요. 여름밤이고, 굉장한 무도회가 열리고 있어요. 젊은 여왕이 주최하는 거죠. 사방은 온통 금이나 대리석, 수정, 비단, 등불, 다이아몬드, 꽃, 향불 등 온갖 화려한 것으로 가득해요.」

「당신은 화려한 것을 좋아하나요?」

루신이 끼어들었다.

「화려한 것은 아름답잖아요.」

그녀가 대답했다.

「난 아름다운 것은 모두 좋아해요.」

「아름다움 그 자체보다요?」

그가 물었다.

「내게는 너무 어려운 말이군요. 잘 모르겠어요. 내 이야기를 방해하지 말아요. 어쨌든 화려한 무도회가 펼쳐지는 거예요. 손님이 굉장히 많이 모였는데, 모두 젊고 잘생겼고 용감해요. 하나같이 여왕에게 푹 빠져 있고요.」

「손님 중에 여자는 없나요?」

말레프스키가 물었다.

「없어요. 아니 잠깐, 있어요.」

「전부 못생겼나 보죠?」

「다들 미인이에요. 하지만 남자들은 모두 여왕을 사랑하죠. 여왕은 큰 키에, 자태는 우아하고, 검은 머리에 작은 금관을 쓰고 있어요.」

나는 지나이다를 쳐다보았다. 그 순간 그녀는 우리 위에

군림하는 것처럼 보였다. 그녀의 흰 이마
와 곧은 눈썹에서 현명함과 위엄이 느껴져
나는 생각했다.

'그녀야말로 여왕이야.'

「그들은 모두 여왕을 에워싸고.」

지나이다는 말을 이어갔다.

「다들 한껏 과장된 말을 동원해 그녀에게 듣기 좋은 소
리를 하죠.」

「여왕이 아첨을 좋아하나요?」

루신이 물었다.

「정말 못 참겠군요. 번번이 남의 말을 끊다니! 듣기 좋은
소리를 해주는데 싫어하는 사람도 있나요?」

「마지막으로 한 가지만 묻겠습니다.」

말레프스키가 말했다.

「여왕에게 남편이 있습니까?」

「미처 생각을 못했군요. 아뇨, 없어요. 남편이 무슨 필요
가 있겠어요?」

「물론.」

말레프스키가 답했다.

「필요가 없겠죠.」

「Silence(조용)!」

서투른 불어로 마이다노프가 외쳤다.

「Merci(고마워요).」

지나이다가 말했다.

「그래서 여왕은 그들의 말을 듣기도 하고 음악을 듣기
도 하지만 그중 누구에게도 관심을 갖지 않아요. 무도회장
천장 끝에서부터 바닥까지 창문 여섯 개가 열려 있고 그
너머로 어두운 밤하늘과 커다란 별이 보여요. 어두운 정원
과 굵고 높은 나무도요. 여왕은 정원을 그윽이 내다보죠.
나무 근처에서 분수가 아주 높게, 어둠 속 유령처럼 하얀
빛을 내며 솟아올라요. 사람들의 말소리와 음악 소리 속에
서 그녀는 잔잔한 물결 소리를 들어요. 그녀는 사람들을
바라보며 이렇게 생각해요. '너희는 모두 귀족이고, 현명
하고, 부유하다. 너희는 모두 내 곁을 맴돌면서 나의 말 한
마디 한 마디에 귀 기울이고 내 발밑에 기꺼이 목숨을 바
칠 준비가 되어 있다. 나는 너희를 지배한다. 하지만 저기,
물결이 치는 분수 옆에 내가 사랑하는 단 한 사람, 나를 지
배하는 한 사람이 나를 기다린다. 그는 값비싼 옷도 없고,
아름다운 보석도 없으며, 아무런 명성도 없는 사람이다.
하지만 그는 나를 기다리며 내가 갈 것을 확신하고 있다.

그리고 나는 갈 것이다. 내가 그에게 가서 그와 함께 바로 저곳, 정원의 어둠 속에서, 부스럭거리는 나무 아래서, 물 결치는 분수 아래서 서로에게 빠져들고자 결심한다면 세상의 그 어떤 힘도 나를 막을 수 없다.'」

지나이다는 말을 멈췄다.

「정말 지어낸 이야기입니까?」

말레프스키가 빈정대듯 물었다.

지나이다는 그를 쳐다보지도 않았다.

「우리는 어떻게 했을까요, 여러분」 하고 루신이 불쑥 나섰다.

「만일 우리가 그 손님들이고, 분수 옆의 그 운 좋은 사내에 대해 알았다면?」

「잠깐만요, 잠깐!」

지나이다가 말했다.

「여러분이 어떻게 했을지 제가 말해볼게요. 벨로브조로프, 당신은 결투를 신청했을 거예요. 마이다노프, 당신은 풍자시를 썼을 거고요. 아니, 풍자시를 쓸 줄 모르니 바르비에 형식의 기나긴 장단음(長短音) 조의 시를 써서 〈전신〉[8]

---

8) 1825년부터 1834년까지 모스크바에서 발행된 격주간지. 러시아 낭만주의 작가들의 많은 작품이 여기에 먼저 소개되곤 했다.

에 실었을 거예요. 니르마츠키 씨는 그에게서 돈을 빌렸을 테고…… 아니, 오히려 그 사람에게 고금리로 돈을 빌려 줬겠죠. 그리고 의사 선생님, 당신은.」

그녀가 말을 멈췄다.

「글쎄, 잘 모르겠군요.」

「여왕의 주치의로서.」

루신이 말했다.

「저는 여왕에게, 손님을 신경 쓸 여유가 없다면 무도회를 열지 않도록 충고했을 겁니다.」

「그랬겠군요. 그리고 백작님은.」

「저 말입니까?」

말레프스키가 음흉한 미소를 지으며 물었다.

「독이 든 과자를 주었을 거예요.」

말레프스키는 얼굴을 약간 일그러뜨리면서 순간적으로 유대인 같은 표정을 지었으나 이내 웃음을 터뜨렸다.

「그리고 볼데마르, 당신은.」

지나이다가 이어갔다.

「아니, 이제 그만 하죠. 다른 놀이를 해요.」

「무슈 볼데마르는 여왕의 시동으로서 여왕이 정원으로 달려나갈 때 옷자락을 받쳐들었겠죠.」

말레프스키가 악의에 차서 말했다.

나는 머리끝까지 화가 치밀어 올랐다. 그러나 지나이다
가 재빨리 내 어깨에 손을 얹고 일어서면서 약간 떨리는
목소리로 말했다.

「백작님께 무례한 말을 함부로 할 권한을 부여한 적이
없으니 당장 나가주시기 바랍니다.」

그녀는 문을 가리켰다.

「미안합니다.」

말레프스키는 새하얗게 질려서 애원했다.

「아가씨의 말이 옳습니다.」

이렇게 말하면서 벨로브조로프도 벌떡 일어
섰다.

「제발, 이럴 것이라곤 생각도 못 했습니다.」

말레프스키가 변명을 늘어놓았다.

「저는 그런 뜻으로 한 말이 아닙니다. 전…… 모욕을 줄
생각은 전혀 없었습니다. 용서해주십시오.」

지나이다는 그를 차갑게 노려보고 냉랭하게 웃었다.

「좋아요, 원한다면 계세요.」

그녀는 귀찮다는 듯 손을 내저으며 말했다.

「하긴 무슈 볼데마르와 제가 불쾌해할 이유는 없지요.

당신은 남을 모욕하는 것을 즐기는 사람이니까요.」

「용서하십시오.」

말레프스키는 거듭 사과했다. 나는 지나이다의 손짓을 기억하며, 진짜 여왕이라도 그녀처럼 품위 있게 무례한 친구를 내쫓을 수는 없을 것이라고 다시 한 번 생각했다.

잠깐 이런 사건이 일어난 후 벌칙 놀이는 오래가지 않았다. 모두 적잖이 당황했으며, 이는 사건 자체보다는 이와 다른 뭔지 모를 억압적인 느낌 때문이었다. 아무도 그것을 말하지는 않았지만 모두가 스스로, 그리고 옆의 사람으로부터 그러한 분위기를 느꼈다. 마이다노프는 자작시를 낭송했고 말레프스키는 과장된 말로 그를 칭찬했다.

「이젠 또 기분을 맞추려고 노력하는군!」

루신이 내게 귓속말로 얘기했다. 우리는 곧 각자 흩어졌다. 지나이다가 갑자기 어떤 생각에 빠졌고, 공작 부인은 두통이 있다고 전해왔다. 니르마츠키는 신경통이 도졌다며 불평을 늘어놓았다.

나는 한참 동안 잠들지 못했다. 지나이다의 이야기에 무척이나 놀랐던 것이다.

'무슨 암시가 있는 것일까?'

나는 생각했다.

'그렇다면 누구를 암시한 것이지? 설령 정말 암시였다면 그게 뭔지 어떻게 확인할 수 있을까? 아냐, 아냐, 아닐 거야······.'

나는 중얼거리며 고개를 절레절레 흔들었다. 하지만 나는 지나이다가 이야기를 할 때의 표정을 떠올렸으며, 네스크치누이 공원에서 루신이 탄성을 지르듯 내뱉었던 말과 나에 대한 그녀의 갑작스런 태도의 변화를 기억했다. 그리고 다시 온갖 추측을 했다.

'누구일까?'

이 물음이 어둠 속에 새겨져 내 눈앞에 아른거리는 것만 같았다. 마치 불길한 구름이 내 머리 위에 낮게 드리워져 있는 것 같았고, 그것이 나를 무겁게 짓누르는 듯 느껴져 나는 이 구름이 어서 흩어지기만을 기다렸다. 근래 나는 많은 일에 익숙해졌고 자세킨의 집에서 많은 것을 보았다. 그들의 어수선함, 지저분하게 타다 남은 초, 부러진 칼과 포크, 늘 우울한 보니파치, 초라한 모습의 하인들, 공작 부인의 언행······. 이들의 기이한 삶이 이제는 나를 놀라게 하지 않았다. 하지만 나를 걱정스럽게 하는 지나이다의 모습에는 도무지 익숙해질 수가 없었다. 언젠가 우리 어머니가 그녀를 '사기꾼'이라고 부른 적이 있었다. 사기꾼이라

니. 그녀가, 나의 우상, 나의 여신이! 그 한마디가 내 마음을 찔러 나는 도망이라도 치려는 듯이 베개에 얼굴을 파묻고 괴로워했다. 하지만 동시에 나는 분수 옆에 서 있는 그 운 좋은 남자가 될 수만 있다면 어떤 일이든 다 할 수 있고, 무엇이든 바칠 수 있으며, 그렇게만 된다면 아무것도 바랄 것이 없다고 생각했다!

내 피가 불붙어 끓어오르는 것 같았다.

'정원…… 분수.'

나는 생각했다.

'정원으로 가야겠어.'

나는 서둘러 옷을 입고 조용히 집에서 나왔다. 어두운 밤이었고 정원의 나무도 아무런 소리를 내지 않았다. 하늘에서 고요하고 싸늘한 공기가 내려왔다. 채소밭에서 회향의 향이 풍겼다. 나는 모든 오솔길을 샅샅이 훑었고 조심스런 내 발자국 소리에 내가 놀라면서도 더욱 용기를 얻었다. 가끔 걸음을 멈추고 내 심장이 크고 빠르게 요동치는 소리를 들었다. 드디어 담에 다다른 나는 가느다란 말뚝에 몸을 기댔다. 갑자기(혹시 내가 상상을 한 것인가?) 바로 몇 발자국 앞에 여자의 모습이 보였다.

나는 어둠 속을 뚫어지게 쳐다보며 숨을 멈췄다. 뭐지? 발자국 소리인가? 아니면 내 심장이 뛰는 소리?

「누구 있어요?」

나는 들릴락 말락 작은 목소리로 말했다. 저게 무슨 소리지? 숨죽여 웃는 소리? 나뭇잎이 바스락거리는 소리? 내 귓가에서 한숨 소리가 들렸나? 나는 무서워졌다.

「누구 있어요?」

나는 더 기어드는 목소리로 물었다.

순간, 대기의 움직임이 느껴졌다. 하늘에서 불빛이 꼬리를 늘어뜨리고 스쳐갔다. 유성이었다.

「지나이다예요?」

이렇게 물으려 했으나 나는 입을 떼지 못했다. 갑자기 내 주위의 모든 것이 깊은 고요에 잠겼다. 한밤중에 자주 있는 일이었다. 심지어 나무 속의 귀뚜라미도 울음을 그쳤다. 단지 어디선가 창문이 쾅 하고 닫히는 소리가 들렸을 뿐이다. 나는 그 자리에 한참을 서 있다가 내 방의 차갑게 식은 침대로 돌아왔다. 나는 묘한 흥분을 느꼈다. 마치 밀회를 즐기러 나갔다가 상대는 만나지 못하고 혼자서 다른 사람의 행복을 스쳐 지나온 것 같았다.

# 17

다음 날은 지나이다를 잠깐밖에 볼 수 없었다. 그녀는 마차를 타고 어머니와 함께 어디론가 가고 있었다. 이날 나는 루신을 만났는데 그는 내게 인사도 제대로 하지 않았다. 그리고 말레프스키도 만났다. 이 젊은 백작은 씩 웃으며 내게 친근하게 말을 걸어왔다. 별채를 찾아드는 손님 중 말레프스키만이 수완 좋게 우리 집에까지 찾아와 어머니에게 좋은 인상을 남겼다. 아버지는 그를 거의 상대하지 않았으며 어쩌다 상대를 해도 너무나 정중하게 대해 거의 모욕적이기까지 했다.

「아, 시동 나리!」

말레프스키가 말했다.

「반갑군. 자네의 아름다운 여왕님은 어디로 행차하셨나?」

그의 맑고 잘생긴 얼굴이 순간 내겐 너무나도 역겹게 느껴졌고, 그 표정 역시 나를 놀리고 비웃는 듯하여 나는 그의 물음에 대꾸하지 않았다.

「아직도 화가 안 풀렸나?」

그가 말을 이었다.

「그럴 필요 없잖아. 내가 시동이라 명명한 것도 아닌데. 하지만 자네는 시동으로서 임무를 제대로 수행하지 못하고 있는 것 같군. 시동은 항상 여왕을 모셔야 하는데.」

「무슨 뜻이죠?」

「시동은 주인으로부터 한시도 떨어져선 안 되지. 주인의 일거수일투족을 모두 알아야 해. 잠시도 주인에게서 눈을 떼면 안 된다고.」

그는 목소리를 낮추며 덧붙였다.

「밤이나 낮이나.」

「왜 그런 말을 하시는 거죠?」

「왜 이런 말을 하냐고? 내 말뜻은 분명히 전한 것 같은데. 밤이나 낮이나 말이야. 낮에는 어딜 가도 상관없지, 사방이 밝고 사람이 많으니. 하지만 밤이 되면, 이때는 조심

해야 해! 한마디 충고하자면, 밤엔 자지 말고 주위를 잘 살펴보게. 자네도 기억하겠지, 한밤중 정원의 분수대 옆. 그곳을 잘 지켜봐. 언젠가 나에게 고마워하게 될걸세.」

말레프스키는 큰 소리로 웃으며 돌아섰다. 어쩌면 그가 내게 한 말은 별 뜻이 없는 거였는지도 모른다. 그는 원래 노련하게 남을 잘 속이는 것으로 유명했고, 특히 가면무도회에서 그의 속임수는 더욱 능숙했는데, 그것은 거의 무의식적으로 그의 온몸에 배어 있는 가식적인 분위기로 인한 것이었다. 그는 단지 나를 놀려주려 한 말이었겠지만 그의 말 한 마디 한 마디가 독약처럼 내 혈관을 타고 돌았다. 피가 머리끝까지 치솟았다.

「그렇단 말이지!」

나는 혼자 중얼거렸다.

「그래! 결국 어제의 느낌이 옳았단 말이군! 내가 이유 없이 정원에 간 게 아니었어! 더는 이런 일이 없도록 해야 해!」

나는 큰 소리로 외치며 주먹으로 가슴을 쳤지만, 실제로는 무슨 일이 더는 없도록 해야 한다는 것인지 전혀 감을 잡지 못했다.

'말레프스키 자신이 정원에 나타나는 것이 아닐까.'

이런 생각이 들기도 했다.(그는 내가 은근히 알아주기를 바라고 얘기를 떠벌린 것일 수도 있다. 그 정도로 뻔뻔한 사람 이니까.)

'아니면 다른 사람일까?' (우리 집 정원 담은 매우 낮아서 이를 넘지 못하는 사람은 없을 것이다.)

'내 앞에 나타나는 사람은 누구든 재수 없는 날이야! 나 하고 붙어봐야 좋을 게 없을 테니! 모든 사람에게, 그녀, 그 배신자에게(내가 그녀를 배신자라고 부르다니) 나도 복수 할 수 있다는 것을 보여주겠어!'

나는 방으로 돌아와 최근에 산 영국제 주머니칼을 책상 에서 꺼내 날카로운 칼날을 만져보았다. 그리고 미간을 잔 뜩 구긴 채 그것을 주머니에 넣었다. 냉철하고 굳은 결심 을 느끼며 나는 내가 이런 일을 하기 위해 태어난 사람인 것 같은 생각마저 들었다. 내 심장은 분노로 가득 차 돌처 럼 굳어졌다. 나는 어둠이 내릴 때까지 인상을 쓰고 입을 꽉 다문 채 계속 안절부절못하고 서성였다. 그리고 주머니 안에서 따뜻해진 칼을 꽉 움켜쥐고 끔찍한 일에 대비해 마 음의 준비를 했다. 나는 여지껏 경험해본 적이 없는 이 새 로운 기분에 너무나 몰두했고, 심지어 희열을 느낀 나머지

정작 지나이다는 거의 생각조차 하지 않았다. 내 생각은 젊은 집시 알레코⁹⁾에 대한 깃으로 가득 찼다.

「어디로 가는 거지, 잘생긴 친구? 그 자리에 눕게나. ……피투성이가 되었군! 아, 자네, 무슨 짓을 한 건가?」 알레코는 대답한다. 「아무것도 아니오!」

나는 잔인한 웃음을 지으며 이 말을 되뇌었다.

「아무것도 아니야!」

아버지는 집에 없었다. 그러나 요 근래 계속 말없이 초조해하던 어머니가 나의 비장한 얼굴을 보고는 저녁 식사 시간에 물었다.

「너 왜 그러니? 고양이가 혀라도 빼 갔니?」

나는 대답 대신 비웃듯이 입술을 비죽거리며 생각했다.

'알면 까무러치시겠지!'

시계가 열한 시를 알렸다. 나는 방으로 돌아왔으나 옷을 갈아입지 않고 자정을 기다렸다. 드디어 자정이 됐다.

---

9) 알레코는 푸슈킨의 1824년작 장편시 〈집시〉의 주인공이다. 알레코는 집시 소녀 젬피라와 결혼한다. 그녀가 다른 집시와 부정을 저지른다는 사실을 알아내고는 질투를 견디지 못하고 그 둘을 살해한다.

「지금이야!」

나는 입을 다문 채 혼자 중얼거리며 재킷 단추를 목까지 채우고 소매를 걷어붙이고는 정원으로 나갔다.

나는 망볼 장소를 이미 정해놓았다. 정원 끝, 우리 쪽 정원과 자세킨네 정원을 가르는 담장 옆에 전나무 한 그루가 있었다. 낮게 드리운 굵은 가지 아래 자리를 잡으면 밤 시간임을 감안할 때 주위가 잘 보이는 편이었다. 바로 옆으로는 내가 항상 신기하게 생각하던 산책로가 있었다. 그 길은 담을 따라 뱀처럼 굽이지면서 굵은 아카시아 나무로 만들어진 정자 쪽으로 이어져 있었는데 담에는 이를 넘어간 흔적과 발자국이 보였다. 나는 전나무 아래에 가서 나무에 몸을 기대고 망을 보기 시작했다.

지난밤과 마찬가지로 이날 밤도 고요했다. 하지만 하늘에 구름이 적어 덤불뿐 아니라 키가 큰 꽃의 윤곽까지 선명하게 보였다. 기다림이 시작되고 나서 얼마 동안은 괴롭고 무섭기까지 했다. 하지만 나를 막을 것은 아무것도 없다고 이미 결심한 터였다. 다만 내 고민은 어떻게 행동을 할 것인가였다.

「누구냐! 서라! 정체를 밝히지 않으면 죽음이 따르리

라!」라고 큰 소리로 호통을 칠 것인가, 아니면 아무런 예고 없이 공격할 것인가? 모든 바스락거리는 소리와 사각거리는 소리가 예사롭지 않게 느껴졌고, 내게 무슨 말을 해주려는 것처럼 생각되었다. 나는 긴장을 늦추지 않았다. 몸을 앞으로 기울이고⋯⋯. 하지만 삼십 분이 지나고 한 시간이 지나자 들끓던 피가 차갑게 가라앉았다. 괜한 짓을 하고 있다는 생각이 들기 시작하면서 스스로 바보 같다는 생각마저 들었다. 말레프스키의 농간에 넘어가다니. 나는 숨어 있던 장소에서 나와 정원을 한 바퀴 돌았다. 마치 약속이나 한 듯 아무런 소리도 들리지 않았다. 만물이 깊은 잠에 빠져 있었다. 심지어 우리 집 개까지도 대문 옆에 몸을 감고 깊이 잠들어 있었다. 나는 온실의 무너진 담에 기어올라 눈앞에 펼쳐진 들판을 바라보며 지나이다를 처음 만난 그날을 떠올렸다.

　흠칫, 몸이 떨렸다. 문이 삐걱하고 열리는 소리와 나뭇가지가 가볍게 부러지는 소리를 들은 것 같았다. 나는 한달음에 온실에서 내려와서는 그 자리에 굳어버렸다. 가볍고 빠르면서도 조심스런 발자국 소리가 정원에서 분명히 들려왔다. 그 소리는 내 쪽을 향해 다가오고 있었다.

　'그자다! 드디어 그자가 왔구나!'

나는 떨리는 손으로 주머니에서 칼을 꺼내 손가락으로
이를 폈다. 눈에서는 불똥이 튀고, 두려움과 분노로 머리
카락이 쭈뼛쭈뼛 서는 것 같았다. 발자국은 정확하게 나를
향해 다가오고 있었다. 나는 몸을 낮추고 그를 덮칠 준비
를 했다. 한 남자가 보였다. 오, 신이여. 아버지였다!

나는 아버지를 한눈에 알아보았다. 짙은 망토로 온몸을
휘감고 모자를 얼굴까지 깊숙이 눌러썼지만 분명히 알아
볼 수 있었다. 아버지는 발끝으로 살금살금 걸어왔다. 나
를 가려주는 것은 아무것도 없었지만 나는 거의 땅바닥에
닿을 정도로 납작하게 몸을 숙이고 있었기 때문에 아버지
는 나를 보지 못했다. 질투 때문에 살인도 감행할 준비가
되어 있던 오셀로는 갑자기 어린 학생으로 되돌아왔다. 나
는 예기치 못했던 아버지의 등장으로 처음에는 아버지가
어디서 와서 어디로 갔는지 짐작조차 하지 못했다. 아버지
가 사라진 뒤에야 나는 몸을 펴고 생각했다.

'왜 아버지가 밤에 정원을 돌아다니시는 거지?'

다시 한 번 주위가 적막에 휩싸였다. 나는 겁에 질려 주
머니칼을 떨어뜨렸지만 찾지 않았다. 너무나도 수치스러
웠다. 정신이 번쩍 들었다. 그러나 집으로 오다가 전나무
아래의 그 작고 나지막한 벤치에 들러 지나이다의 창을 바

라보았다. 창문의 작고 약간 둥근 유리가 밤하늘의 희미한 빛을 받아 푸르스름한 색을 띠고 있었다. 그러다 갑자기 유리창 색이 바뀌었다. 나는 똑똑히 보았다. 창문 안쪽으로 하얀 커튼이 조용히, 그리고 살며시 내려와서는 창 문턱에서 움직임을 멈췄다.

「이게 도대체 무슨 일이지?」

나는 방에 돌아와서 나도 모르게 소리 내어 자문했다.

「이것이 다 꿈인가, 우연인가, 아니면…….」

내 머릿속에 떠오른 생각은 너무도 새롭고 기이한 것이어서 나는 차마 이를 인정할 수가 없었다.

*18*

다음 날 아침에 일어나니 가슴이 아팠다.
어제의 흥분은 온데간데없이 사라졌다. 그 대신 마치 내
안에서 무엇이 죽어버린 듯 무겁고도 알 수 없는, 그리고
이제껏 경험해본 적이 없는 깊은 슬픔이 마음속에 자리 잡
았다.

「자네는 어째서 머리가 반쪽밖에 없는 토끼 같은 표정
을 하고 있나?」

루신이 나를 보더니 물었다.

아침 식사 때 나는 아버지와 어머니를 살짝 살펴보았다.
아버지는 여느 때와 같이 평온하고 침착한 모습이었고, 어
머니 역시 평소처럼 말없이 속을 끓이고 있었다. 나는 아

버지가 간혹 그러하듯 내게 다정한 말을 건네지 않을까 내심 기다렸지만, 아버지는 평소의 애정이 깃든 냉담한 모습조차 보이지 않았다.

'지나이다에게 다 털어놓을까?'

나는 생각했다.

'아무 상관 없잖아. 우리 사이는 이제 끝인걸.'

나는 그녀를 보러 갔지만 이런 얘기를 꺼내기는커녕 그녀와 말조차 제대로 나누지 못했다. 공작 부인의 열두 살 먹은 사관생도 아들이 방학을 맞아 페테르부르크에서 돌아왔기 때문이다. 지나이다는 당장 나에게 동생을 돌보는 임무를 맡겼다.

「자.」

그녀가 말했다.

「여기 볼로쟈(그녀가 나를 이렇게 부른 것은 처음이었다)는 네 친구란다. 동생 이름도 볼로쟈예요. 잘 대해주기 바라요. 수줍음을 좀 타지만 착한 아이예요. 네스크치누이 공원를 구경시켜주고, 같이 산책도 하고, 잘 돌봐줘요! 그렇게 해줄 거죠? 정말 좋은 사람이에요!」

지나이다가 양손으로 내 어깨를 다정히 잡았다. 나는 어리둥절했다. 이 어린 학생의 존재가 나까지도 어린 학생으

로 만들어버린 것이다. 나는 사관생도를 말없이 바라보았고 그 역시 말없이 나를 물끄러미 바라봤다. 지나이다는 웃음을 터뜨리면서 우리를 서로에게 밀었다.

「자, 친구 사이니 입맞춤으로 인사를 해요!」

우리는 입맞춤을 했다.

「정원을 한번 돌아볼래?」

사관생도에게 물었다.

「좋습니다.」

그는 거칠면서도 사관생도다운 반듯한 목소리로 대답했다.

지나이다는 다시 한 번 웃음을 터뜨렸다. 그녀의 얼굴은 예전에 보지 못했던 사랑스런 홍조를 띠었다. 나는 사관생도와 함께 나갔다. 우리 정원에는 낡은 그네가 있었다. 나는 그를 그 작은 그네에 앉히고 밀어주었다. 그는 넓은 금빛 테두리를 한 두꺼운 유니폼을 입고 그넷줄을 단단히 움켜잡았다.

「칼라를 좀 풀지그래.」

내가 말했다.

「괜찮습니다, 익숙합니다.」

이렇게 말하고 그는 가볍게 헛기침을 했다.

그는 누나를, 특히 눈을 닮았다. 나는 그를 돌보는 것이 좋았지만 동시에 가슴을 쥐어뜯는 듯한 아픔을 느꼈다.

'이제 나는 고작 어린아이에 불과하구나.'

이런 생각이 들었다.

'하지만 어제만 해도……'

나는 어제 주머니칼을 떨어뜨린 것이 기억나 이를 찾으러 갔다. 사관생도는 나를 졸라 칼을 받아 들고는 땃두릅나무의 두꺼운 나뭇가지를 잘라 작은 피리를 만들어 불었다. 오셀로도 함께 피리를 불었다.

하지만 바로 그날 저녁 그 오셀로는 지나이다가 정원 구석에 있는 자신을 발견하고 왜 그리 슬퍼 보이냐고 묻자 그녀의 품에서 얼마나 흐느껴 울었는지! 눈물을 폭포수처럼 쏟아내는 나를 보며 지나이다는 겁에 질린 듯 물었다.

「왜 그래요? 무슨 일 있나요, 볼로쟈?」

그녀는 계속 물었다. 하지만 내가 대답도 않고 울음을 멈추지 못하자 나의 젖은 볼에 입맞춤을 하려고 했다. 나는 고개를 돌리고 울먹이며 말했다.

「난 다 알아요. 왜 나를 가지고 논 거죠? 왜…… 왜 나의 사랑이 필요했던 거죠?」

「내 잘못이에요, 볼로쟈.」

지나이다가 말했다.

「아, 내가 볼로쟈에게 정말 몹쓸 짓을 했어요!」

그녀는 말하면서 양손을 꼭 쥐었다.

「얼마나 악하고 어둡고 용서받지 못할 마음이 내 속에 자리 잡고 있는지! 하지만 볼로쟈를 가지고 논 것이 아니에요. 정말 당신을 사랑해요. 왜, 얼마나 사랑하는지 당신은 알지 못할 거예요. 그런데 뭘 다 안다는 거죠?」

내가 무슨 말을 할 수 있었겠는가? 그녀는 내 앞에서 나를 바라보고 있었다. 그리고 그녀가 나를 바라보는 한, 머리끝부터 발끝까지 나는 완전히 그녀의 것이 될 수밖에 없었다. 약 삼십 분 후 나는 사관생도와 지나이다와 숨바꼭질을 하며 놀았고, 더 울지도 않았다. 웃었다. 부어오른 내 눈은 웃을 때마다 눈물을 흘렸지만……. 목에는 넥타이 대신 지나이다의 리본이 매어졌다. 그녀의 허리를 잡았을 때는 너무나 기쁜 나머지 환성을 지르기도 했다. 결국 나는 그녀가 원하는 대로 움직이고 있었던 것이다.

실패로 끝난 그날 밤의 원정 이후 일
주일 동안 나에게 일어난 일에 대해 자세히 설명하는 것은
매우 어렵다. 그 일주일은 아주 이상한, 열병을 앓는 듯한
시간이었기 때문이다. 그때는 혼돈된 세계처럼 극과 극의
감정, 생각, 의혹, 희망, 기쁨, 고통이 모두 함께 뒤엉켜 있
었다. 나는 나의 내면을, 내 마음속에서 일어나고 있는 이
모든 일을 차마 들여다볼 수 없었다. 열여섯 살 소년이 자
기자신을 들여다본다는 것이 애초에 가능한 일이기는 한
지 모르겠지만 말이다. 나는 그 무엇도 알기가 두려웠다.
그냥 하루하루가 빨리 지나가기만을 바랐다. 밤이 오면 자
고……. 소년 특유의 낙천성이 나를 도왔다. 나는 누가 나

를 사랑하는지 알고 싶지 않았고, 아무도 나를 사랑하지 않는다는 사실을 인정하고 싶지도 않았다. 나는 아버지를 피했지만 지나이다를 피할 수는 없었다. 그녀의 존재는 나를 불처럼 뜨겁게 했으나 나는 나를 태우고 녹이는 이 불의 정체를 알려고 하지 않았다. 나는 나의 감상에 완전히 도취하여 과거의 기억을 잊으려 하고 미래의 가능성에 대해서도 눈을 감아버리며 나 자신을 속이려 들었다. 그러나 이런 무념의 몽환적인 상태가 오래갈 수는 없었다. 청천벽력과도 같은 사건으로 인해 나는 정신이 번쩍 들었고, 그것은 나를 다른 방향으로 이끌었다.

하루는 꽤 긴 시간 동안 산책을 하고 저녁 식사 시간에 맞춰 돌아왔는데 뜻밖에도 나 혼자 식사를 해야 한다는 말을 들었다. 아버지는 집을 나갔고, 어머니는 몸이 불편해 식욕이 없다 하고는 방 안에서 문을 걸어 잠그고 있다는 것이었다. 하인들의 표정을 보고 나는 무엇인가 심상치 않은 일이 있었다는 것을 눈치 챘다. 하지만 그들에게 차마 물어볼 용기가 나지 않았다. 그러나 내겐 식당에서 일하는 필립이라는 이름의 젊은 하인이 있었다. 그는 노래와 기타 연주를 열정적으로 좋아하는 사람이었다. 나는 그에게 물었고, 그는 다음과 같이 말해주었다. 어머니와 아버지가 크게 다투었는데(하녀들의 숙소에서 처음부터 끝까지 다 들을 수 있었다고 한다. 대부분 불어였으나 마샤라는 이름의 하녀는 파리에서 재단사와 5년간 일을 한 경험이 있어 다 알아들었다고 한다), 어머니는 아버지가 외도를 한다며 옆집 아가씨와의 교제를 문제 삼았다. 아버지는 처음에는 변명했지만 나중에는 불같이 화를 내며 '어머니의 나이'를 들먹여 잔인한 말을 했다. 그 말에 어머니는 울음을 터뜨렸고, 이내 공작 부인에게 빌려준 돈 얘기를 꺼내면서 공작 부인은 물론 그 딸에 대해서도 맹렬히 비난했다. 그러자 아버지는 어머니에게 위협적인 말을 했다는 것이다.

「그리고 이 얘기가 다.」

필립이 말했다.

「익명의 편지에서 나온 얘기라고 합니다. 누가 썼는지는 아무도 모르지만, 그 편지가 아니었다면 이런 일이 일어나지도 않았겠죠.」

「하지만 이게 근거가 있는 얘기인가?」

나는 간신히 물었다. 팔다리가 싸늘해지고 가슴 깊은 곳에서 무엇인가 떨렸다.

필립은 의미심장하게 윙크를 했다.

「근거가 있죠. 그런 걸 어떻게 숨기겠어요. 이번에는 주

156 첫사랑

인님도 꽤 조심을 하셨지만 마차를 빌려야 하는 일도 있지 않았겠어요. 그린 일은 하인들에게 맡길 수밖에 없지요.」

나는 필립을 돌려보내고 침대에 몸을 던졌다. 나는 울지도 않았고 절망하지도 않았다. 이 모든 일이 언제, 어떻게 시작되었을까 생각하지도 않았다. 이리도 오랫동안 눈치를 채지 못했다는 사실에 놀라지도 않았고 아버지를 원망하지도 않았다. 내가 알아낸 이 사실을 감당하기에 나는 역부족이었다. 예기치 못했던 진실이 나를 짓눌렀다. 이제 다 끝났다. 내 꿈속의 꽃들은 순식간에 모조리 뽑혀 짓밟힌 채 내 주위에 갈가리 흩어졌다.

**20**

다음 날 어머니는 도시로 돌아가겠다고
선언했다. 아침에 아버지는 어머니의 방에 들어가 한참을
얘기했다. 아버지가 어머니에게 무슨 말을 했는지는 모르
지만 어쨌든 어머니는 더 울지 않았다. 어머니는 좀 진정
이 됐는지 식사를 가져오라고 했다. 그러나 방에서 나오지
는 않았고, 이곳을 떠난다는 결심도 바꾸지 않았다. 내 기
억에 나는 이날 하루 종일 이곳저곳을 쏘다니면서도 정원
에 들어가지 않고 자세킨 별채를 한 번도 쳐다보지 않았
다. 그리고 같은 날 저녁에 나는 매우 놀라운 장면을 목격
했다. 아버지가 우리 집 응접실에서 말레프스키 백작의 팔
을 잡고 현관까지 끌고 나와서는 하인들이 있는 자리에서

냉정하게 말했다.

「며칠 전에도 당신은 누군가의 집에서 나가줄 것을 요청받았다고 들었습니다. 이번에는 굳이 긴 말을 하지 않겠지만 다시 한 번 나를 찾아온다면 창문 밖으로 던져버릴 것을 기꺼이 약속드립니다. 당신의 필체는 아주 불쾌합니다!」

백작은 고개를 숙이고 이를 갈면서 몸을 움츠리고는 사라졌다.

우리의 집이 있는 아르바트로 돌아가기 위한 준비가 시작되었다. 아버지도 이제는 별장에 머무르고 싶은 생각이 없는 것 같았고, 시끄럽지 않도록 어머니를 설득한 것으로 보였다. 모든 일이 조용히, 서두름 없이 진행되었다. 어머니는 심지어 공작 부인에게 건강상의 이유로 떠나기 전에 뵐 수 없게 되어서 아쉽다는 인사를 전하도록 지시를 내렸다. 나는 마치 정신 나간 사람처럼 돌아다녔으며 단지 모든 것이 빨리 끝나기만을 바랐다. 그러나 한 가지 생각이 머릿속을 떠나지 않았다. 도대체 왜, 젊은 그녀가, 게다가 공작의 딸인 그녀가, 우리 아버지에게는 가정이 있다는 사실을 알면서, 원한다면 벨로브조로프 같은 사람하고도 결혼할 수 있으면서 그런 일을 저질렀을까? 도대체 무엇을 바랐던 것일까? 자신의 장래를 망치는 것이 두렵지 않았나? 그래, 바로 그게 사랑이야. 그게 열정이고, 그게 헌신이야. 나는 생각했다. 루신의 말이 떠올랐다.

「희생을 즐기는 사람도 있는 모양이야.」

한번은 우연히 별채의 창문에서 허연 윤곽이 보였다.

'지나이다의 얼굴인가?'

나는 생각했다. 그랬다, 그녀의 얼굴이었다. 나는 더 거부할 수 없었다. 작별 인사도 없이 떠날 수는 없었다. 나는 적당한 때를 기다렸다가 별채를 찾아갔다.

공작 부인이 객실에서 평소와 같이 산만하고 단정치 못한 모습으로 나를 맞이했다.

「이봐요, 도련님. 왜 그쪽 사람들은 그리 서둘러 떠나는 거죠?」

그녀는 양 콧구멍으로 코담배를 쑤셔 넣으며 물었다.

그녀를 보자 내 마음이 가벼워졌다. 나는 필립에게서 들은 '빌려준 돈'이라는 말이 마음에 걸렸었다. 공작 부인은 아무것도 모르는 것 같았다. 적어도 당시 내가 보기에는 그랬다. 지나이다가 옆방에서 검은색 드레스를 입은 채 머리를 길게 풀고 창백한 얼굴로 나타났다. 그녀는 아무 말 없이 내 손을 잡고 자기 방으로 갔다.

「당신 목소리가 들려서.」

그녀가 말했다.

「곧바로 달려나온 거예요. 우리를 떠나는 것이 그렇게 쉬운가요? 나쁜 사람 같으니.」

「작별 인사를 하러 왔어요, 지나이다.」

나는 답했다.

「아마 다시는 못 만날 거예요. 우리가 떠난다는 얘기는 들었죠?」

지나이다는 나를 뚫어지게 쳐다봤다.

「그래요, 들었어요. 와줘서 고마워요. 다시는 당신을 못 볼 거라 생각했어요. 날 나쁘게 생각하지 말아줘요. 당신에게 못된 짓도 많이 했지요. 하지만 난 당신이 생각하는 그런 여자는 아니에요.」

그녀는 몸을 돌려 창문에 기댔다.

「정말 그런 여자가 아니에요. 당신이 나를 나쁘게 생각하는 것 알고 있어요.」

「내가요?」

「네, 당신이…… 당신이 말이에요.」

「내가요?」

나는 쓰디쓰

게 내뱉었다. 그녀의 거부할 수 없고 말로 형용할 수 없는 매력 앞에서 언제나처럼 심장이 요동쳤다.

「내가요? 맹세하건대, 지나이다 알렉산드로브나. 나는 당신이 무슨 일을 했건, 그 어떤 나쁜 일을 저질렀건 내 삶이 다하는 날까지 당신을 사랑하고 숭배할 겁니다.」

말이 떨어지기가 무섭게 그녀는 나를 향해 돌아서서는, 양팔을 크게 벌려 내 머리를 안고 강렬하고 열정적인 입맞춤을 했다. 이 작별의 입맞춤의 진짜 상대가 누군지는 알 수 없었지만, 나는 그 달콤함을 마음껏 탐닉했다. 그것은 다시는 되풀이될 수 없는 일이었다.

「안녕, 안녕.」

나는 계속 되뇌었다.

그녀는 나를 놓아주고는 방에서 나가버렸다. 나도 그 집에서 나왔다. 나는 별채를 나오면서 느꼈던 그 감정을 표현할 길이 없다. 이러한 심정이 다시는 반복되지 않기를 바라지만 만일 내가 이를 한 번도 경험하지 못했다면 안타까웠을 것이다.

우리는 도시로 돌아왔다. 나는 지나간 일을 잊지 못했고, 다시 공부를 시작하지도 못했다. 내 상처는 더디게, 오랜 시간에 걸쳐 아물어갔다. 하지만 나는 아버지에게 나쁜

감정을 가지지 않았다. 오히려 아버지는 내 눈에 더 위대해 보였다. 이런 모순을 설명하는 일은 심리학자들에게나 맡겨야 할 것이다.

하루는 길을 걷다 우연히 루신과 마주쳐 말할 수 없이 기뻤다. 나는 그의 단도직입적이고 가식 없는 태도가 마음에 들었고, 어찌 되었든 과거의 기억을 떠올리게 해주므로 그가 소중하게 느껴졌다. 나는 그를 향해 뛰어갔다.

「아!」

그가 외치면서 눈살을 찌푸렸다.

「자네로군, 젊은 친구! 어디 한번 보지. 아직 혈색이 안 좋긴 하지만 예전의 퀭한 눈빛은 사라졌군. 이젠 강아지가 아니라 의젓한 어른 같아. 잘됐군. 어떻게 지내나? 공부는 열심히 하고 있나?」

나는 한숨을 쉬었다. 거짓말을 하고 싶지는 않지만 사실대로 말하기 부끄러웠다.

「그래, 상관없지.」

루신이 말을 이었다.

「걱정하지 말게. 중요한 건 정상적인 삶을 살고 유혹에 빠지지 않는 것이야. 유혹에 빠져봐야 무슨 소용이 있겠나? 어느 방향으로 가든 바람직할 수 없지. 남자란 제자리

를 굳건히 지켜야 하네, 자기 두 발로. 아, 내가 또 잔소리를 늘어놓고 있군. 벨로브조로프에 대해 들었나?」

「그에 대해서요? 아니, 못 들었습니다.」

「자취를 감추었어. 카프카스로 갔다는 얘기도 있더군. 이를 교훈으로 삼게, 젊은 친구. 이게 다 사람들이 끝까지 포기할 줄 모르고 그물에서 빨리 탈출할 줄 모르기 때문에 생기는 일이야. 자네는 용케 빠져나온 것 같네만, 다시는 걸리지 말게. 그럼 이만.」

'또 걸리는 일은 없을 거야.'

나는 생각했다.

'다시는 그녀를 볼 수 없을 테니.'

하지만 나는 지나이다를 한 번 더 볼 운명이었다.

# 21

아버지는 매일 승마를 나갔다. 아버지에게는 가늘고 긴 목에, 다리가 잘 뻗은 멋진 영국산 갈색 말이 있었다. 이 암말은 성미가 아주 사나웠다. 이름은 엘렉트릭이었다. 아버지를 제외하고는 아무도 그 말을 다룰 수가 없었다. 하루는 아버지가 아주 오랜만에 기분이 좋아 내게 말을 걸었다. 아버지는 승마를 나갈 준비를 하고 있었고 이미 박차도 달아놓은 상태였다. 나는 함께 데려가 달라고 아버지를 졸랐다.

「차라리 뛰어넘기 연습이나 하지 그러니.」

아버지가 말했다.

「네 독일 말로는 날 절대 쫓아오지 못할 텐데.」

166 첫사랑

「쫓아갈 수 있어요. 저도 박차를 달게요.」

「그래, 그럼 그렇게 하려무나.」

우리는 함께 출발했다. 내게는 작고 까만 털북숭이 말이 한 필 있었는데 다리가 튼튼하고 꽤 잘 달렸다. 물론 엘렉트릭이 여유롭게 갈 때에도 내 말은 미친 듯이 달려야 쫓아갈 수 있었지만 그래도 뒤처지지는 않았다. 나는 아버지처럼 승마를 잘하는 사람을 본 적이 없었다. 아버지는 아주 아름답고 자연스럽게, 동시에 능숙하게 말을 다루어 심지어 아버지를 태우고 가는 말도 이를 느끼고 즐거워하는 것 같았다. 우리는 가로수가 우거진 거리를 따라 달리고 제비치예 들판도 가로질렀다. 울타리도 여러 차례 뛰어넘었고(처음에는 울타리를 넘는 것이 무서웠지만 아버지는 겁쟁이를 혐오했기 때문에 나도 겁을 내지 않았다), 모스크바 강을 두 번이나 건넜다. 이제 집에 돌아갈 것이라 생각했다. 더욱이 내 말이 지친 것을 아버지도 알고 있었다. 그런데 아버지는 크리미아 여울 쪽으로 방향을 돌려 둑을 따라 달리기 시작했다. 나는 서둘러 뒤쫓아갔다. 아버지는 높이 쌓인 오래된 통나무 더미 옆에 이르자 날렵하게 말에서 내리더니 나도 말에서 내리게 했다. 그러고는 엘렉트릭의 고삐를 내게 맡기면서 통나무 더미 옆에서 기다리라 한 뒤 좁은 골목으로 사라져버렸다. 나는 말 두 필을 끌고 둑을 따라 거닐면서 계속 엘렉트릭을 혼냈다. 엘렉트릭은 자꾸 고개를 내젓고 몸을 부르르 떠는가 하면, 내가 걸음을 멈출 때마다 양 발굽으로 땅을 파듯 바닥을 내리쳐대고, 히힝하며 내 말의 목을 물려고 덤벼들었다. 한마디로 버르장머리 없는 순종 말답게 굴었던 것이다. 아버지는 금방 돌아오지 않았다. 강에서 기분 나쁜 습한 냄새가 났다. 가랑비가 내리기 시작하여 내 뒤에 쌓인 칙칙하고 모양 없는 회색 통나무 더미에 작은 무늬가 만들어졌다. 나는 기분이 울적해졌지만 아버지는 여전히 돌아오지 않았다. 회색 옷에 항아리 모양의 커다란 구식 군모를 쓴 경관 한 사람이 긴 몽둥이를 들고 내게로 다가왔다.(나는 경관이 왜 모스크바 강둑에서 서성거리고 있는 건지 의아했다.) 핀란드인처럼 보이는 그는 자글자글하게 주름 진 얼굴을 내게 들이대고는 말했다.

「그 말들을 가지고 뭐 하는 겁니까, 도련님? 이리 주세요, 내가 잡고 있을 테니.」

나는 대꾸하지 않았다. 그는 내게 담배를 달라고 했다. 그를 피하기 위해─그리고 기다리는 것도 지쳐서─나는 아버지가 사라진 방향으로 몇 걸음 옮겼다. 그리고 골목

끝까지 가서 모퉁이를 돌아서다가 우뚝 멈춰 섰다. 내 앞으로 약 사십 걸음 정도 앞의 길에, 나무로 만든 집의 열린 창문 앞에 아버지가 내게 등을 지고 서 있었다. 아버지는 창틀에 가슴을 기대고 있었고, 집 안에서는 검은 드레스를 입은 한 여자가 커튼으로 반쯤 가려진 채, 앉아서 아버지와 얘기를 하고 있었다. 그 여자는 지나이다였다.

나는 온몸이 얼어붙었다. 이런 일이 있을 것이라고는 전혀 상상도 하지 못했다. 나는 그곳에서 도망가고 싶었다.

'아버지가 돌아볼지도 몰라.'

나는 생각했다.

'그러면 나는 끝이야……'

하지만 이상한 감정이, 호기심보다, 질투보다, 두려움보다 강렬한 감정이 나를 막았다. 나는 두 사람을 바라보며 얘기를 들으려고 귀를 기울였다. 아버지가 무엇인가를 끈질기게 고집하고 있었다. 지나이다는 이에 동의하지 않는 듯했다. 바로 그 순간 나는 그녀의 얼굴을 보았다. 슬프고도 진지한 아름다움을 지닌 그녀의 얼굴은 지극한 헌신과

우수에 찬 눈빛, 그리고 사랑의 표정을 머금고 있었다. 나는 그녀의 얼굴에서 일종의 깊은 절망감까지 보았다.(그 표정을 달리 표현할 말이 없다.) 그녀는 아버지의 말에 연신 짤막하게 대답하면서 눈을 내리깐 채 미소를 짓고 있었다. 순종적이면서도 고집스러운 미소였다. 바로 그 미소에서 나는 예전의 나의 지나이다를 알아볼 수 있었다. 아버지는 어깨를 들썩하더니 머리의 모자를 바로잡았다. 이는 아버지가 인내심을 잃고 있다는 신호였다. 그리고 이런 말이 들렸다.

「당신은 떠나야 해요…….」

지나이다는 일어서서 한 손을 내밀었다. 갑자기 바로 내 눈앞에서 도저히 믿기지 않는 일이 벌어졌다. 아버지는 계속 코트 앞깃의 먼지를 털어내던 채찍을 들어올리더니 팔꿈치까지 드러난 지나이다의 팔을 찰싹 내리쳤다. 나는 소리가 터져 나오려는 것을 간신히 참았다. 지나이다는 바르르 몸을 떨더니 아버지를 말없이 바라보고는 천천히 팔을 올려 팔 위에 나타난 선홍색 자국에 입을 맞췄다. 아버지는 채찍을 옆으로 던져버리고 현관 계단을 서둘러 올라가 집 안으로 들어갔다. 지나이다는 몸을 돌렸다. 두 팔을 뻗고 고개를 뒤로 젖히면서 창문에서 멀어졌다.

나는 놀란 마음이 진정되자 곧이어 영문 모를 두려움이 느껴졌다. 그리하여 몸을 뒤로 던져 골목 입구까지 달음질을 쳤다. 그러면서도 용케 엘렉트릭을 놓치지 않고 강변으로 돌아왔다. 나는 생각을 정리할 수가 없었다. 냉정하고 침착한 아버지가 간혹 불같이 화를 낸다는 사실은 알고 있었지만 지금 목격한 장면은 도저히 이해할 수 없는 것이었다. 하지만 바로 그 순간 나는 내가 앞으로 살아가는 동안 지나이다의 움직임, 그녀의 표정, 그녀의 미소를 영원히 잊을 수 없을 것임을, 그녀의 모습, 내게 갑작스레 보여진 그녀의 새로운 모습이 내 마음속에 영원히 새겨질 것임을 알았다. 나는 멍하니 강을 쳐다보았다. 눈물이 뺨을 타고 줄줄 흘러내리는 것도 깨닫지 못했다.

'그녀를 때리다니……'

나는 생각했다.

'때리다니…… 때리다니……'

「여기 있었구나! 내 말을 다오!」

아버지의 위엄에 찬 목소리가 등 뒤에서 들렸다.

나는 기계적으로 고삐를 아버지에게 건넸다. 아버지는 훌쩍 뛰어 엘렉트릭에 올라탔다. 추위에 얼음처럼 굳어 있던 엘렉트릭이 뒷발질을 하면서 몇 미터 정도 껑충껑충 뛰어나갔으나 아버지는 곧 말을 다스렸다. 말 옆구리를 박차로 힘껏 누르고 주먹으로 목덜미를 내리쳤다.

「이런, 채찍이 없군!」

아버지는 중얼거리듯 내뱉었다. 나는 그 채찍이 찰싹하고 지나이다의 팔을 내리친 사실이 다시 떠올라 몸을 부르르 떨었다.

「어디에 두셨는데요?」

나는 잠시 후에 아버지에게 물었다.

아버지는 아무 대답 없이 내 앞으로 달려갔다. 나는 아버지를 쫓아갔다. 아버지의 얼굴을 꼭 봐야 했다.

「혼자서 심심했지?」

아버지가 이 사이로 물었다.

「조금요. 그런데 채찍은 어디에 떨어뜨리셨어요?」

나는 다시 물었다.

아버지는 나를 흘깃 쳐다봤다.

「떨어뜨리지 않았다.」

아버지가 대답했다.

「던져버렸어.」

아버지는 생각에 잠긴 듯 고개를 숙였다. 그리고 바로 이때, 처음이자 거의 마지막으로 나는 아버지의 엄한 얼굴이 얼마나 애틋한 연민의 정을 보일 수 있는지 알게 되었다.

아버지는 다시 말을 달려 앞서 나갔고 나는 아버지를 따라잡을 수 없었다. 나는 아버지보다 십오 분 늦게 집에 도착했다.

「그게 바로 사랑이야.」

서서히 책과 공책이 자리 잡기 시작한 책상에 앉아 나는 생각했다.

「그게 바로 진정한 열정이야! 자신을 그렇게 때렸는데……. 가장 사랑하는 사람이라 해도, 이게 가능한 일인가? 가능한 모양이야, 사랑한다면……. 하지만 나라면…….」

지난 한 달 동안 나는 많이 성숙했다. 나의 사랑, 그때 느꼈던 모든 희열과 고통은 이제야 어렴풋이 알 것 같은 그 다른 무엇에 비하면 유치하고 하찮았던 것 같았다. 알 수도 없고 무엇인지 전혀 상상할 수도 없는, 어둠 속에서 윤곽이 잘 드러나지 않는 낯설고 아름다우면서도 무시무시한 얼굴 같은 그 무엇에 비하면…….

그날 밤 나는 기이하고도 끔찍한 꿈을 꾸었다. 나는 천장이 낮은 어두운 방에 들어갔는데, 아버지가 손에 채찍을 들고 서서 발을 쾅쾅 구르고 있었다. 지나이다가 구석에 웅크리고 앉아 있었고, 그녀의 팔이 아닌 이마에 선홍색 상처가 있었다. 이 두 사람 뒤에서 피투성이가 된 벨로브조로프가 일어서더니 창백한 입술로 아버지에게 분노에 찬 위협을 가하고 있었다.

두 달 후 나는 대학에 입학했다. 그리고 육 개월도 채 지나지 않아 아버지가 뇌졸중으로 돌아가셨다. 당시 우리 가족은 페테르부르크에 이사 온 지 얼마 되지 않았었다. 돌아가시기 며칠 전, 아버지는 모스크바에서 온 편지를 받고 매우 당혹해했다. 아버지는 어머니에게 무엇인가를 부탁했고 심지어 울기까지 했다고 한다. 나의 아버지가! 뇌졸중으로 쓰러지던 날 아침에 아버지는 내게 불어로 편지를 남겼다.

「아들아…….」

편지는 이렇게 시작됐다.

「여자의 사랑을 조심해라. 그 행복, 그 독약을 조심해라.」

아버지가 돌아가신 후 어머니는 거액을 모스크바로 송금했다.

**22**

**사** 년이 지났다. 나는 대학을 졸업하고 무엇을 시작해야 하는지, 어느 문을 두드릴지 결정하지 못한 채 하는 일 없이 시간을 허비하고 있었다. 어느 날씨 좋은 날 저녁에 극장에서 마이다노프를 우연히 만났다. 그는 결혼을 했고 공직에 근무하고 있었으나 변한 것은 전혀 없어 보였다. 그는 예전처럼 쓸데없이 감격하고 갑자기 우울해지곤 했다.

「그거 아나?」

그가 내게 말했다.

「돌스카야 부인이 여기 있다네.」

「돌스카야 부인이라뇨?」

「설마 잊은 건 아니겠지? 예전의 자세킨 공작 딸 말일세. 자네를 포함한 우리 모두가 사랑에 빠졌었지. 기억하겠지, 네스크치누이 공원 옆의 별장?」

「그녀가 돌스키란 사람과 결혼했나요?」

「그렇다네.」

「여기 있다고요? 이 극장 안에?」

「아니, 페테르부르크에 있네. 며칠 전에 도착했지. 곧 외국으로 떠날 거라 하더군.」

「남편은 어떤 사람인가요?」

나는 물었다.

「아주 훌륭한 사람이지. 재산가야. 모스크바에 있는 내 동료 중 하나네. 자네도 알겠지만, 그 일이 있은 후…… 물론 자넨 그 일에 대해 잘 알겠지.(마이다노프는 의미심장하게 웃었다.) 그녀는 적당한 혼처를 찾기가 쉽지 않았다네. 영향이 미친 거지. 하지만 그녀처럼 영리한 사람에게 불가능이란 없지. 가서 그녀를 만나보라고. 아주 기뻐할 거야. 전보다 더 아름다워.」

마이다노프는 지나이다의 주소를 알려주었다. 그녀는 데무트 호텔에 묵고 있었다. 과거의 기억이 떠올랐다. 나는 당장 그 다음 날 내 옛 ‘열정’의 상대를 찾아가리라 다

짐했다. 하지만 다른 일로 계속 지연이 되면서 일주일이 지나고 또 한 주가 지난 후에야 데무트 호텔에 가게 됐다. 그곳에서 돌스카야 부인을 찾았더니 나흘 전에 급작스럽게, 출산 중에 사망했다고 전해주었다.

심장이 비수에 찔린 듯했다. 그녀를 볼 수 있었는데 보지 못했다는 생각, 다시는 그녀를 볼 수 없다는 생각, 이 비통한 생각이 견딜 수 없는 자책과 함께 내 심장을 후볐다.

「그녀가 죽다니!」

나는 호텔 문지기를 멍하니 바라보며 되풀이하고는 말없이 길거리로 나와 정처 없이 걸었다. 지난 모든 나날이 순식간에 눈앞을 스쳐갔다. 그래, 결국 이렇게 되었구나! 그 젊고 열정에 넘치던 환한 생명이, 그렇게 흥분해서 조급히 달려간 인생의 끝이 결국 이것이란 말인가! 이런 생각을 하면서 나는 내게 너무나 소중한 그녀의 얼굴, 그 눈, 그 곱슬머리가 축축한 지하 어둠 속에서 좁디좁은 상자에 갇혀 있는 상상을 했다. 그곳, 아직 살아 있는 나와 멀지 않고, 어쩌면 우리 아버지로부터 가까운 바로 그곳에. 내가 이렇게 갖가지 상념을 떠올리는 동안 여러 가지 모습이 또렷이 내 머릿속을 스치고 지나갔다. 그러면

candelabra illustration

서 한편으론 이런 말이 내 영혼 속에 울려 퍼졌다.

무심한 입술이 죽음의 소식을 전했고,
무심한 귀가 그 소식을 들었노라.[10]

오, 청춘, 청춘이여! 아무런 근심 걱정 없고, 세상의 모든 보물을 소유하고 있으니 슬픔도 네게는 위안이요, 비련도 너의 것이며, 너는 자신에 차 무엇 하나 무서운 것 없이 이렇게 외친다.

「보라, 나만 홀로 남지 않았는가!」

하지만 네 인생의 나날은 흘러 흘러 흔적도 없이 사라지고 네 안의 모든 것은 촛농처럼, 태양 아래 눈처럼 녹아 없어진다. 어쩌면 청춘이 가지는 매력의 전부는 무엇이든 할 수 있다는 가능성이 아니라 무엇이든 할 수 있다고 생각하는 가능성에 있는 것인지도, 어디에 써야 할지 모르는 정력을 무모하게 바람에 흩날려 버리는 데 있는지도, 우리 모두로 하여금 젊은 날의 시간을 허비한 것이라 착각하게 하여 「아, 내가 시간을 낭비하지만 않았으면 무엇이든 할

10) 푸슈킨의 1825년작. 〈내 고향 푸른 하늘 아래서〉의 인용구.

수 있었을 텐데!」라는 말을 할 수 있는 자격을 주는 데 있는지도 모른다.

나 역시 그렇다……. 나에게 무슨 희망이, 무슨 기대가 남아 있겠는가? 어떠한 풍요로운 미래를 내다볼 수 있겠는가? 단지 한 번의 한숨과 가슴을 찌르는 듯한 상실감으로 내 첫사랑의 짧은 기억에 안녕을 고했는데…….

그리고 나의 희망이라는 것은 어떠한 결과를 가져왔는가? 그리고 지금, 내 생에 저녁의 그림자가 드리워지고 있는 이때, 내 인생의 봄날 아침에 찾아왔던 짧은 폭풍과도 같은 그 감정의 기억보다 더 명료하고 소중한 것이 있을까? 하지만 나는 지금 스스로에게 지나치게 엄격한 것인지도 모른다. 그때 당시, 청춘의 가벼운 마음에도 나는 나를 부르던 그 슬픈 목소리, 관 속에서 들려온 그 엄숙한 소리를 그냥 지나치지 않았던 것이다. 기억하건대, 지나이다의 사망 소식을 들은 며칠 후 우리 집에서 함께 살았던 가난한 노파의 임종을, 나는 거부할 수 없는 힘에 이끌린 듯 지켜보았다. 누더기를 뒤집어쓰고 딱딱한 널빤지에 자루를 베개 삼아 누운 그 노파는 힘겹고 고통스럽게 죽어가고 있었다. 그녀의 인생은 처음부터 끝까지 처절한 투쟁이었고 그녀는 하루하루를 근근이 연명해왔다. 그녀는 살아오면서 즐거움이란 걸 몰랐고 행복의 달콤함을 맛본 적도 없다. 그렇다면 왜 그녀는 죽음을, 그것이 가져다주는 자유와 평화를 기꺼이 맞이하지 못한 것일까? 그녀의 병약한 육체가 싸움을 지속하는 동안, 얼음장 같은 두 손 아래서 그녀의 가슴이 고통스럽게 들썩거리는 동안, 마지막 기운이 남아 있는 그 순간까지 노파는 성호를 그으며 중얼거렸다.

「주여, 저의 죄를 용서하소서.」

그녀는 의식이 꺼지기 직전 마지막 순간에야 임박한 운명에 대한 두려움과 공포의 눈빛을 지울 수 있었다. 그 가난한 노파가 임종을 거둔 바로 그 자리에 서서, 나는 지나이다가 생각나 무서워졌고 그녀를 위해, 아버지를 위해, 그리고 나 자신을 위해 기도하고 싶었다.